花のたましい

朱川湊人

文藝春秋

花のたましい

目次

花のたましい

1

ＪＲ大阪駅からでも阪急梅田駅からでも、とにかく東南に十分ほど歩いたところに、『曾根崎心中』にまつわる名所として有名な〝お初天神〟がある。

正しくは露天神社といい、多くの神様を祀っているので、どんなお願い事にも御利益があると言われているが、若い女性の間では特に縁結びの神社として人気だ。

肌寒い春の夕暮れ、その拝殿の前で、三好駒子が手を合わせていた。賽銭は入れない。ふた月前ほどに近くのスナックで働き始めた時、三カ月分前払いとして、大枚千円を入れておいたからだ。

「なるべく、いい男、お願いしますぅ。すごいイケメンやのうても、ほどほどのとこで手ェ打ちますぅ。あ、でも、やたらと妹ばっかり大事にするような男は、イケてても考えさしてください」

祈願を終えると、深々と一礼して頭を上げた。

（さて、ウシさん撫でたら、店行こか）

商店街に出る西門の近くに神牛の像が置いてあって、何でも体の悪いところと神牛の同じところを代わりばんこに撫でると、悪いところが治ると言われている。幸い今は痛いところはないので、ダイエット目的にお腹と、少しでも賢くなるように頭を撫でておくことにする。

「あの、ちょっと、すんませ〜ん」

たくさんの人の手に撫でられて光っている牛のお腹に手を伸ばそうとしたところで、不意に誰かの声がした。何とも緊張感のない、間延びした口ぶりだ。

そっちに顔を向けると、ピンク色のハーフコートを着た女の子が、おっかなビックリな目で自分を見ていた。ぽっちゃり体型に色白で、肩まで伸ばした髪にはウェーブがかかっている。

その顔には見覚えがあるけれど――できれば、違う人でありますように。

「違(ちご)うてたらすんませんけど……自分、コマちゃんやんな？」

思わず声が出そうになるが、駒子はグッとこらえる。

「なっ、コマちゃんやろ？　お家が、お好み焼き屋さんをやってはる……」

ここまで言われたら、しらばっくれるわけにもいかない。確かに駒子の実家は、東大阪で名字そのままの『みよし』という店名のお好み焼き屋をやっている。

「あ、もしかして、智美(ともみ)ちゃん？　中学まで一緒やった」

駒子は観念して、今、初めて気がついたように言った。

「そうやぁ、鈴村(すずむら)智美やでぇ」

眼球が飛び出しそうなほど目を大きく開いて、両頬を自分の両掌(りょうて)で包み込みながら智美は言った。そういえば、ようこんな顔しとったな……と、駒子は思い出す。

「いやぁ、全然わからんかったわぁ。コマちゃん、ずいぶん顔変わったんとちゃう？」

すぐに砕けた話し方になるのはいいとしても、久しぶりに会うなり、こっちがカチンと来るようなことを言うところまで、昔のままだ。

「別に、顔を取り換えたりはしとらんわ。ちょっと化粧を覚えただけや」

「お化粧うまいわ〜。いやぁ、ほんまにベッピンさん、なってぇ」

感じ入ったように何度も言うが、〝昔の駒子はベッピンでなかった〟と言っているのと同じだということに、なぜ気づかないのだろう。

まぁ、この子だったら仕方がない……と思ってしまうところもある。何せ、この鈴村智美と駒子は、初対面で殴り合いの大ゲンカをした仲なのだ。

小学校の隣のクラスに智美が転校してきたのは、確か三年生の五月頃だった。

チラリと見た限り、めかし込んだ服を着て、髪をきれいに三つ編みにしていたが、同じクラスではなかったので、駒子は大して興味を持たなかった。転校生なんて、誰でも初めは行儀がいいものだ。

それからしばらくして、何となく変わった子らしいという噂は聞いたが——六月になって。

「おい駒子、隣のクラスの子が、おまえに用事があるって」

二時間目の後の十五分休みの時、クラスの男の子が駒子を呼びに来た。

「アタシに用事？」

首を傾げながら駒子が廊下に出ると、小さな花束を持った智美が立っていて、明るい声で話しかけてくる。

「こんにちは。あなた、三好駒子さんでしょ？」

「そうやけど……何？」

「今日、お誕生日なんやってね。おめでとう！」

そう言って智美は、にこやかな顔で花束を突き出してきた。

「あ、ありがとう」

確かに、その日——六月四日は、駒子の誕生日だった。ドン引きしつつも駒子は花束を受け取ったが、一拍置いて、智美はとんでもないことを口走った。

「三好さんは、お母さんがおらんのやってね」

「あ？」

「ごめんなさい。ちょっと人に聞いてもうてん……三好さんはお母さんがいなくて、弟とか妹もいないって」

「せやから、何や」

「そういうのって、寂しいなぁ。可哀そうやわ」

三秒もかからず頭に血が上り切った駒子は、花束を智美の足元に放り投げて叫んだ。

「あんた、バカにしとるんか？　おかんがおらんかったら、何やっちゅうんじゃ！」

さらに一歩前に出て、右手で智美の肩を突き飛ばす。

「痛い！　ぶたんといてよ」

「やかまし！」

今度は左手で肩先を叩くと、智美は大きくよろめいた。

「ちょっと聞いてよ、うちの話！」

「あんたの話なんか、聞く価値ないわ！」

駒子は叫んだが、その言葉の途中で大きく跳ね飛ばされていた。智美が右肩で体当たりしてきたのだ。体のバランスを崩して廊下を転がった駒子は、バレーボールの回転レシーブのような動きで立ちあがると、風のような速さで智美に飛び掛かった。

たぶん四、五発は張り手をくらわしていたと思うが、智美は素早く両手で顔のまわりをガードしていたので、まともに当たったのは一発か二発だ。

「ぶたんといてって言うとるやん！」

「あんたが黙っとけや！」

廊下には違うクラスの子たちまで集まってきたが、誰も止めようとしなかったのは、小学三年生女子とは思えないほどの迫力があったからだ。

やがて通りがかった先生に引き剝がされ、体のぶつかり合いこそ止まったが、智美が凄まじい声で泣き出したので、チャイムが鳴っても騒ぎは収まらなかった。

結局、二人は保健室に連れていかれ、ぶつけたところを冷やしながら、なぜか駆けつけてきた教頭先生にケンカの理由を聞かれた。

「なるほどなぁ、駒子ちゃんが怒るのも、まぁ、無理ないわなぁ」

先に駒子の話を聞いた教頭先生は、保健の先生と一緒にうなずいていた。

「智美ちゃん、なんでそんなこと、駒子ちゃんに言わなならんの？」

「うち、お父さん、いないんです。お母さんと離婚したんで」

「うん、それは知っとるよ。お母さんから聞いたからね」

えっ、そうなん？　と、駒子は思ったが、その後に続いた理屈が、こうだ。

「もしかすると、三好さんのお父さんが、うちのお母さんと結婚するかもしれへんやないですか」

「ん？」

教頭先生は首を傾げて言った。

「実は、同じ学年でお母さんがいない子はいないかって同じ組の子に聞いてみたら、隣のクラスの三好さんがそうだって教えてくれたんです。それで、そっと隠れて見てみたら、すごくいい人そうだったんで、うちのお母さんを紹介しよう思って」

「うーん」

「で、もし、うちのお母さんと三好さんのお父さんが結婚したら、うちと三好さんが、お姉さんと妹になるんですよね」

「え？　あー、結婚したらね。はは」

教頭先生は力なく笑った。

「三好さん、今日、お誕生日ですよね。うちは一月の早生まれやから、妹になります」

「うん、言うてることは、わかるよ」

「うち、昔から、お姉さんが欲しかったんです。だから、お祝いにお花をあげよう思って」

その話を聞きながら、駒子は思った。

(あかん、この子は……アホアホや)

離婚した親同士が結婚するようなことは、可能性としてはあり得るだろうが、まだ二人が会ってもいないのに、そこまで話が飛んでしまうのは理解を超えている。

「とにかく、二人とも仲直りしなさい。さぁ、握手握手」

教頭先生が言ったので、とりあえず握手はしたものの、駒子は智美のことがまったく理解できなかった。

その後、なるべく智美と関わらないようにしていたつもりだったが、智美は駒子が気に入ったらしく、何かにつけて付きまとって来るようになった。もしかするとマンガでよくあるように、殴り合ったことで友情が芽生えでもしたのかもしれないが、それはあくまでも智美の一方通行で、駒子にその気はサラサラなかった。けれど同じ学区内の中学を卒業するまでは、何度か同じクラスになったりもした。遠足の班組みや修学旅行のグループ分けの時などには、仕方なく仲間に入れることもあって、他の友だちは奇妙に感じていたようだ。ただ単純に、最初から当たり前のように入ってくる智美に「あんたはパス」と言えるほど、駒子も冷たくなりきれなかっただけなのだが。

中学を卒業して顔を合わせなくなり、もう縁は切れたと思っていたのに、まさかこんなところで顔を合わせるとは。

「やっぱりお初天神さんは大したもんや。ちゃんと望みを聞いてくれよった」

さりげなく神牛の頭を撫でながら、智美は笑って言う。

「もしかして、アタシに会えるようにお願いしたんか？」

そうだとしたら、お初天神さん、こっちの都合も考えてや。

「コマちゃん、いきなりやけど、ちょっとしたアルバイト、せぇへん？」

駒子の質問には答えないまま、智美が切り出す。

「もちろん悪いことやないし、体が辛いこともないで。コマちゃんやったら、二時間くらいで一万円になるわ」

「えっ、ほんまかいな」

久しぶりに、胡散臭い話聞いたわ……と、駒子は笑った。

2

お初天神から脇に逸れて少し歩いたところに、細長い見た目のビルが集まった一角があって、その中でも一際細長いビルの三階に、スナック『宵待』はある。

短いカウンターと小さなテーブル席、どうにか十人くらいは座れそうなソファー席があるものの、どれだけ詰め込んでも二十人ほどしか入れない店だ。

ついさっきまでは満席で、カラオケの熱唱とホステスたちの笑い声があふれていたが、十一時を過ぎると潮が引くように客は引き上げてしまい、店の中が静かになった。あとは三人連れの客が一組残っているだけだ。

やがて十一時半を過ぎたところで、カウンターの向こう側で電子タバコを吸っていた八重子ママが言った。

「ハルちゃん、今日はもう上がってええよ。美晴ちゃんとうちがおったら大丈夫や」

テーブル席の片付けをひと通り終えた駒子は、そろそろママから声がかかる頃だと思っていたので、ためらいなく答えた。

「ほな、あがらしてもらいます」

先輩ホステスの美晴さんと話し込んでいる三人連れに心ばかりの会釈をして、駒子は更衣室に引っ込んだ。更衣室とはいっても、半分は荷物置き場になっている狭い部屋だ。

まもなく四月だというのに、やけに寒い日が続いている。仕事用の薄い生地のミニスカートのままでは帰り道が心配だ。面倒だったが、駒子は出勤前に穿いてきたジーンズに着替えることにした。

すぐ近くで八重子ママが、声を潜めて電話しているのが聞こえる。

「クラブのお金、明日までに学校に持ってかなあかんの？　何で今言うねん……ええわ、台所のテーブルの上に置いとくから、忘れんで持って行き……うん、わかった。あんたも、はよ寝や」

どうやら中学生の娘さんと話しているようだ。

八重子ママは中学生と小学生の娘二人を育てているシングルマザーだ。おまけに、この『宵待』も一人で経営していて、誰かから援助を受けているような様子もない。

小学一年生の自分とお父ちゃんを置いて、いきなり男と逃げたお母ちゃんに比べると、ずいぶん違う。駒子が住んでいる兎我野（とがの）の格安マンションも八重子ママが世話をしてくれたし、まさに、頼りがいの塊（かたまり）だ。

着替え終わって更衣室から出ると、一番年下のぺーぺーとして一応は聞いておく。

「アタシ、明日休みなんですけど、大丈夫ですか」

「うん、大丈夫や。せいぜいノンビリしぃや……気ぃつけて帰るんやで」

カウンターの端に作ってあるシンクで洗い物をしながら、ママは言った。

「じゃあ、お疲れさっした～」

大きめのショルダーバッグをぶら下げた駒子は、一礼して店を出た。エレベーターの前に他の店の客たちが溜まっていたので、裏の階段を下りていく。

店の前の道に出ると、近くで客を送り出している女たちが何人も目に入った。駒子も同業の一人なのだが、その中にいなくなったお母ちゃんが混ざっているような気がした。

駒子の実家は、東大阪の住宅街の隅っこで『みよし』という小さなお好み焼き屋をやっている。もともとはお父ちゃんのお姉さんの輝美おばちゃんが始めたらしいが、駒子に物心がついた頃には、お父ちゃんとお母ちゃんが二人で店を回していた。

その頃の『みよし』は、なかなか流行っていた。住宅街にある店だから、昼には近所のおばちゃん連中の社交場になり、夕方近くになればクラブ帰りの高校生が小腹を満たしていき、夜には仕事帰りの人たちが一杯やりつつ、しゃべり散らしたりする。

もともと単価が安いので、昼前から夜遅くまで営業して、ようやく食べていけるくらいだったろう。そこに幼い駒子までいたのだから、きっと目が回るほど忙しかったに違いない。だから、お母ちゃんがイヤになってしまったのも、何となくわかる。

お母ちゃんが家からいなくなった日のことを、駒子は今でも覚えている。九月の水曜日、お店が休みだった日のことだ。

小学一年生だった駒子は、いつもと同じように店の前の道で、近所の友だちと遊んでいた。そこにお母ちゃんが、きれいな花柄ワンピースにクリーム色のカーディガンを羽織(はお)って店から出てきた。娘の駒子が見ても、いつもと違う感じだと思ったが、お母ちゃんは笑顔を浮かべて、どこか浮かれたようだった。

「これから友だちと、難波(なんば)のデパートでショッピングや」

駒子が尋(たず)ねると、お母ちゃんは嬉しそうに答えた。自分を連れて行ってくれないのは面白くなかったが、お母ちゃんの機嫌がいいのは駒子も嬉しかった。

さっさと歩いていくお母ちゃんの後ろ姿に、「おみやげ、買うてきて」と駒子は言ったが――お母ちゃんの姿を見たのは、それが最後だった。

お父ちゃんとお母ちゃんの間で、何があったのか、その頃の駒子にはわからなかった。離婚するほど仲が悪かったようにも思えなかったし、お母ちゃんが急にいなくなった理由もハッキリしない。お父ちゃんは競馬で負けて損することもあったけれど、それが原因なら、もっと早くから大ゲンカしたりしていたはずだ。

お母ちゃんは店に来ていた男の客と一緒に逃げたのだと、悪ガキ連中が噂しているのを耳にしたのは、それからひと月もしないうちだった。店を弟に任せて生駒(いこま)の実家に引っ込んでいた輝美おばちゃんが、再び東大阪に出てきて一緒に住むようにもなったのも、その頃だ。

よくわからないまま、駒子はお母ちゃんのいない暮らしに半ば無理やりに馴れていったが、それでも「お母ちゃんにウソをつかれた」という思いだけは消えなかった。

難波のデパートにショッピングに行くと言ったのもウソ。自分のことを可愛がってくれたのもウソ。寒い夜、同じ布団の中で駒子を抱きしめて、「お母ちゃんは、コマちゃんが一番大事や」と言っていたのもウソ。もしかすると口に出した時は本当だったのかもしれないけれど、最後に大きなウソをつかれて、すべてが台無しになった。

ホントにウソは最低だ。心の中の大切なものを、簡単にぶち壊す。光っていたものを、あっという間に腐らせる。

もちろん、芸達者で芯の強い駒子は、お父ちゃんや輝美おばちゃんの前で、ひねくれたところを見せることはなかった。外から見る限りは、駒子は普通に元気な小学生の女の子だったに違いない。

3

次の日、駒子は天満(てんま)から数駅離れた町にある市立病院へ行った。

内科、外科、小児科、産婦人科など多くの診療科があって、一般病床は三百以上と、地元では当てにされている大病院らしい。

スマホを取り出して時間を確かめると、智美と約束した二時になるところだった。

お初天神で聞いた話によると、智美は今、この病院で働いているそうだ。と言っても看護師でも医師でもなく、看護助手という肩書だった。

その職業を駒子はよく知らなかったが、どうやら看護師の手伝いをする仕事らしい。注射や傷の手当のような医学的なことはできず、入院患者の世話を細々としたり、入浴する際の手伝いをしたり、病室の掃除をしたりと、それこそ一日中動き回ってる仕事だという。

智美から頼まれた仕事とは、入院している患者の中に仲良くしている女性がいて、その女性にメイクをしてあげて欲しい……ということだった。

「そんなん困るわ。アタシ、美容師でも何でもないんやで」

お初天神のベンチで智美の話を聞いた時、駒子は半ば反射的に答えた。

実は駒子は、中学生の頃からメイクに興味を持っていて、ヒマを見つけては熱心に研究していた。むろん我流に過ぎないが、やはり好きなことだったのでグングン技術を覚えて、今ではかなりの上達ぶりだ。ちょっと気を入れてメイクを施せば、顔の印象が大きく変わる。

好きが高じて高校生の頃、メイクアップアーチストで食べていければいいな……と思った。調べてみると、他人の顔をいじる仕事だから、美容師の免許を取らなくてはならないのだとわかった。そのためには美容の専門学校などに行かないと、国家試験を受ける資格が手に入らないことも。

さらに学校について調べてみると、二年間でそれなりの額の学費がかかるようだ。駒子に激甘のお父ちゃんに頼めば、無理をしてでも出してくれるだろうが、店の売り上げが昔に比べてガタ落ちしているのを知っているから、気安く頼むわけにもいかない。

専門学校の学費は自分で稼ぐことにして、高校を出てからコンビニで働いてみたものの、アルバイトだけで貯金ができるほど世の中は甘くなかった。だから水商売でも何でも、仕事を覚えておくのは大切なことだと自分に言い聞かせて、『宵待』でも働くようにした。昼と夜との掛け持ちはしんどいが、夢があるから何とかやっていけている。

「別にホントの美容師やなくてもええやん。その化けっぷりは、十分お金取れるで」

　駒子の話を聞いた智美は、大して考えてもいないような口調で言った。

「それにコマちゃんは、明るくて優しいやろ？　そんなコマちゃんにメイクしてもろうたら、きっと相手も喜ぶわ。メイク代を貰うんやなくて、チップを貰うようなもんやと思うたらええやん」

「うまいこと言うなー」

　なるほど、ちょっとメイクしただけで一万円も払ってもらえると言うのなら、相手はきっとお金持ちに違いない。入院しているというのは予想してなかったが、それだけに気分を変えたい気持ちも強いはずだ。だから、『宵待』でカラオケを歌うお客さんたちにリップサービスするようなつもりで、適当におしゃべりでもしながらメイクしてやればいい。たまには、そういう美味しい話も悪くない。

その気になった駒子が首を縦に振ると、智美が飛びついてきた。

「コマちゃんがヒマな時やったら、いつでもええけど……明日なんかどうや？」

いつでもいいと言った割には気が早かったが、そういうところが智美なのだ。

（えーっと、病院の入り口まで来たら、連絡するんやったな）

病院の玄関前で駒子はスマホを取り出し、昨日登録しておいた智美の電話番号をタッチした。コールが始まると、待っていたかのように智美が出る。

「さすがコマちゃん、めっちゃええタイミングや！　ちょうど今、東病棟の四階におるから、のんびり来てや。エレベーター降りたとこに、自動販売機が何台も置いてある休憩所みたいなんがあるんやけど、うちはそこにおるから」

教えられたとおりに行くと、いくつかおいてあるテーブルに智美は一人で座って、おにぎりを食べていた。下は紺色のジャージに上はピンクの半袖ポロシャツを着て、さらに薄いピンクのエプロンをつけている。髪はお初天神で会った時とは違って、後ろで一本に束ねていた。

「なんや、ゴハン中やったん」

近づいて声をかけると、智美は齧りかけていたおにぎりを口の中に押し込んで笑った。

「コマちゃん、来てくれてありがとな」

「ゴハンくらい、ゆっくり食べぇや」

「そういうわけにもいかんのや。うちが人よりトロいのは、コマちゃんも知っとるやろ？　学校に行っとった時も、みんなに笑われとったくらいや。でも、ここやと笑われて済むってことはないねん。とにかくテキパキせんと、すぐにカミナリや」

言ってることはわかるが、看護助手というのは、そんなに忙しい仕事なんだろうか。

「じゃあ、来てくれたんやから、先に払ってまおうか。コマちゃん、現金やなくて、これでええやろ？　仕事中は、お金持ち歩くなって言われてんねん」

そう言いながらスマホを見せる。仕事をする前に、決済アプリで払ってくれるらしい。

「それはええけど、智美が払ってくれるんか」

「うちは後で瑠美ちゃんのお母さんからもらうから、気にせんといて」

「えっ、瑠美ちゃんって……」

「今、中学二年生や。小さい頃から心臓の病気……しかも治療法がわからんような難病で、病院を出たり入ったりしとるんやて。パッと見たら、小学四年生くらいにしか見えんけどな」

病気によっては発育が遅れる場合もあると聞いたことがあるが、その瑠美という子もそうなのかもしれない。

「心臓の病気なんか……大変やな」

思いがけず深刻な病気の患者だとわかって、駒子は緊張した。

「でも、何でメイクしようと思ったんや？　どっか出かけたりするんか？」

駒子がおずおずと尋ねると、のんきな口ぶりで智美は答えた。

「あの子はな、好きなメイクして写真を何枚か撮れば気が済むねん。だから、誰かに何か言われたら、『すぐ終わります』って答えといてな。実際、写真撮ったら、すぐに化粧を落としてくれればええし。それでも何か文句言う人がおったら、『文句は看護助手の鈴村に言うて』って言っといてくれればええよ」

「えっ、これって怒られるようなことなんか？」

誰かに何か言われたら……というのは、そういう意味だろう。

「もしもの話や。まぁ、わざわざ文句言う人もおらんやろうから、大丈夫やって。じゃあ、先払いするで」

駒子の気が変わらないうちにとでも思ったのか、智美は決済アプリで駒子に送金した。すぐに駒子のスマホに、一万円の入金があったという報告が届く。

「ほな、付いて来て」

強引に食事を終わらせ、チャカチャカ歩く智美の後ろを、駒子は速足でついて行った。やがて智美は病室のドアを開けて、中に入っていく。

「お邪魔しま〜す」

中には八台のベッドが、それぞれ頭を壁に向ける方向で並んでいた。ベッドのまわりにはカーテンレールが付けられていて、閉まっているのは二つ。

その中の一つの窓際のカーテンの前で、智美は声をかける。

「瑠美ちゃ〜ん」

「あ、トモちゃん?」

カーテンの向こうから聞こえたのは、まだ子どもかと思えるような声だった。カーテンを少し開けると、確かに小学四年生くらいかと思えるような女の子が、半身を起こしてベッドに横になったまま、タブレットを触っていた。おかっぱ頭で一重瞼の目が、どことなく日本人形を思わせる。

「瑠美ちゃん、メイクしてくれる人、来てくれたで。うちの幼馴染でな、三好駒子さんっていうねん。で、コマちゃん、こっちが志田瑠美ちゃんや」

「よろしくね。瑠美ちゃんって呼んでええ？」

人見知りしない駒子が言うと、女の子は少し頬を赤らめたものの、向こうから手を伸ばしてきた。

「もちろんです。うちも、駒子さんって呼んでええですか」

軽い握手をしながら、駒子が返す。

「できれば、コマちゃんがええかな」

「じゃあ……コマちゃん」

「なんや、瑠美ちゃん」

駒子は昔から、こういうノリが得意だ。

「あ、お初天神の絵馬があるやん。うちら、昨日、久しぶりにお初天神で会うたんやで」

ベッドサイドに飾られている、お初天神のアニメ絵の絵馬を見ながら言うと、智美は笑って答えた。

「昨日、仕事が休みやったから、これを買いに行ったんや。前から瑠美ちゃんに頼まれててん。だから、うちとコマちゃんを久しぶりに会わしてくれたんは、お初天神さんやのうて、瑠美ちゃんかもしれへんな」

智美もうまいことを言うと、駒子は思った。

お初天神では、多種多様のお札やお守りが並べられているが、この絵馬もその一つで、今どきの若い子向けなのか、アニメっぽい絵で描かれている。男も女も可愛く描かれているけれど、この二人が最後には心中するのかと思うと、少し怖いものがある。

「じゃあ、仕事の話しよか」

やはり時間に追われているのか、智美は具体的な説明を始める。

「さっきも言うた通り、瑠美ちゃんにメイクしてあげて欲しいんやけど……実は、まぁ、ちょっと普通のメイクとは違うねん。瑠美ちゃん、見したって」

智美の言葉に瑠美はタブレットを操作して、一枚の写真を拡大して見せた。

「うち、こんなんにして欲しいんです」

タブレットに表示されていたのは、緑色のショートの髪に赤い瞳をしたコスプレイヤーの顔のアップだった。全体的に手間がかかっていそうなメイクだが、特に目の周囲は、力の九割近くを注ぎ込んでいるのではないかと思えるほど凝りまくっている。おまけに、わずかに開いた口の中には、ちょっとだけ牙みたいなものまで見えている。

「この人、『スィートアシッド・ヨーヨー』っていうアニメに出てくる〝ラプソ〟っていう女の子のコスプレをしてはるんですけど、うち、このキャラが大好きで」

ベッドのまわりにアニメの絵が何枚か飾ってあるので、駒子も何となく覚悟はしていたけれど、やっぱり普通のメイクじゃなかったか。

「えーっと、この子は人間なん？　それとも、妖怪とかなん？」

瑠美が次々とタブレットに表示する絵や写真を見ながら、駒子は尋ねた。すると瑠美は、目を輝かせて話し始める。

「ラプソは実は妖怪なんですけど、普通の人間として人間界に住んでて……」

あいにく説明されても、よくわからない。駒子もアニメは嫌いじゃないが、『宵待』で働くようになってから、ずいぶん疎(うと)くなってしまった。特に最近のアニメは数が多すぎて、昔のようについていけなくなっている。

「どう？　コマちゃん、できる？」

「でけんこともないけど、この写真の人には及ばんかなぁ。緑色のウィッグもないし、赤いカラコンもないし、牙もないし」

「あ、ありますけど」

そう言ってベッドの横に置いてある三段の引き出しの一番下から、瑠美はキャラ柄のついたトートバッグを取り出し、その口を開いて見せた。大きめのチャック付きポリ袋に入ったウィッグと、カラコンなどの小物が入った小さな袋がいくつか入っている。その中には、入れ歯のように嵌(は)める〝牙〟まであるようだ。

「ここまで揃ってるんやったら、やらんわけにはいかんわな。こっちのジャンルは初めてやけど、がんばってみるわ」

「さすが、コマちゃんや。じゃあ悪いけど、うちは他の仕事に行かなあかんから、よろしく頼むわな。メイク終わったら、スマホで写真も撮ってあげてな。あ、帰る時は、一本電話してくれたら嬉しいわ」

そう言って智美は仕事に戻って行ったが――何でもパッパッと一人で先に決めてしまうところは、不思議ちゃんのままやな……と、駒子は思った。

4

一時間ほど駒子はみっちりとメイクしたが、やはり気に入ったものにはならなかった。持ってきた化粧品だけでは、このコスプレみたいな突き抜けた表現をするには限度があるのだ。

(ちゃんと言うといてくれたら、それなりに準備したのに)

瑠美の顔を化粧ブラシで撫でながら、駒子は何度もそう思った。

特に瑠美の顔色は少し赤みがかっていて、タブレットの写真の女性のような、透明感のある乳白色にするのは難しかった。かなり苦労していい感じにしたものの、そこよりもアイプチで二重にしたことの方に瑠美が感激していたのは、少々複雑な気分だった。もっとも中学二年ならば、そんなものかもしれない。

顔の方ができたところで、瑠美が持っていた緑色のショートのウィッグをかぶせて、ヘアブラシで馴染ませる。続いて入れ歯式の牙を本物の瑠美の歯の上に嵌め込んで、ほぼ完成だ。カラコンはよく消毒した瑠美自身の指で装着してもらったが、すでに何度か練習していたらしく、特に苦もなくできた。

「まぁ、これで、とりあえずはＯＫかな」

ウィッグの揉み上げ部分を、アニメの絵のように丸めたり解したりすると、どうにか〝ラプソ〟の完成だ。

「わぁっ！」

鏡でその自分の姿を見て、瑠美は小さいながらも歓声を上げた。

「すごいっ、うち、ラプソになってもうた！」

これはコスプレみたいなものだけれど、やはり化粧は人のテンションを上げまくる。

「コマちゃん、ありがとう！　こんなに嬉しいの、初めてや！」

「そうかぁ。よかったやんか」

駒子も、まんざらな気分ではなかった。あとは写真を好きなだけ撮らせて、なるべく早く化粧を落とすことだ。どうやら、この病院では〝怒られるようなこと〟らしいのだから。

ところが、瑠美が夢中でラプソになった自分を自撮りしている時に、閉めたままにしてあるカーテンを少しだけ開いて、中を覗き込んだ人がいた。

「あ、ママ！　見て！　うち、ラプソになってんで」

「あら、ほんまや〜。あんた、メッチャ可愛くなってるやん」

顔を出したのは四十代半ばくらいの、小柄で瘦せた女性だった。どこかの工場の制服らしいモスグリーンの上下を着て、顔にはまったく化粧っ気がなかった。どうやら瑠美のお母さんらしい。駒子としては、こちらの女性にもメイクしてやりたい気持ちになる。

「こっちのお姉さんがやってくれたん。トモちゃんの幼馴染のコマちゃんや」

「何や、年上の人に。失礼やんか」

そう言いながら瑠美ちゃんママは駒子に礼をして、「志田です……瑠美の母親です」と言った。

（ちゃんとした人やな）

駒子も礼を返しながら思ったが、いきなり瑠美ちゃんママの目から、ぽろぽろと涙がこぼれたのを見て驚いた。

「あ、すんません。ちょっと、感激してもうて」

恥ずかしそうに目元を拭（ぬぐ）いながら、瑠美ちゃんママは無理に笑って言ったが、半分は泣き顔が混じっていて、何とも不思議な表情だ。

「この子、今、中学二年生なんですけど、ちょっと心臓に問題を抱えてるもんですから、まだ数えるほどしか中学に行ってないんですよ。小学校の頃から、家と病院との往復ばっかりで」

そう言いながらもポケットからスマホを取り出し、メイクした娘に向ける。

「だから、いつもマンガとかアニメばっかり見てるんですけど、特にこの女の子が好きみたいで……写真撮ってええですか」

「そら、お母さんなんですから、お好きなだけどうぞ」

「瑠美、ほんまに、よかったやん。ラプソちゃんそっくりや。三好さんは、すごい人なんやね」

そう言いながら瑠美ちゃんママは、何度もシャッターボタンを押す。その音があんまり多いのが気になったのか、同室の人がカーテンの隙間から覗きに来て、思い切りよくカーテンを開いてしまった。

「あらぁ〜、瑠美ちゃん、マンガの人みたいになって」

「めちゃくちゃ可愛いわ」

「さっきから化粧品の匂いがしとったんは、これやったんやね」

同室の人が瑠美のベッドの周りに集まってきて楽しそうにしているが、駒子としてはハラハラだった。

案の定、タイミング悪く部屋に入ってきた若い女性の看護師さんが、ラプソになっている瑠美の顔を見て、眉を顰(ひそ)めた。

「瑠美ちゃん、何て顔をしてんの」

顔は笑っているようだけど、声がちょっと怖い。

「入院中は、お化粧とかできないって言ったよね？　顔色がちゃんと見えなくなっちゃうのは困るって」

ほら、怒られた——駒子はそう思ったが、看護師さんの言い方にもカチンと来た。もっと他に言い方があるのではないか、と思う。

さっきまで娘の姿に嬉し涙を流していた瑠美ちゃんママまで、申し訳なさそうに肩を落としている。せっかく上がった気分が台無しだ。

「あの……もう少し違う言い方が、あるんと違います？」

駒子は、できる限り穏便に言った。

「お化粧して気持ちが明るくなるのって、悪いことやないって思いますけどねぇ」

「瑠美ちゃんにお化粧したのは、あなたですか？　もしかすると、何かの業者の方？」

「いやいや、違います。看護助手の鈴村さんの、まぁ、友だちみたいなもんです」

智美の名前を出せば話が早く終わるかと思ったが、その看護師さんは、今まで以上に不機嫌な顔になった。

「もしかして、お化粧してあげるように、鈴村に頼まれでもしたんですか？」

「いえ、そういうことやないんですけど」

その通りだと答えるのは、智美にとって最悪な結果しかないように思えて、駒子は軽く流した。どうも智美は、この女性看護師に嫌われているようだ。

「こちらの病院では、入院しておられる患者さんがお化粧するのを禁止しています。化粧品の匂いが苦手な人もおりますし、アレルギーを持っている人もいます。何より患者さんの顔色も、病状を観察する大切な要素ですから。勝手にお化粧なんてして、医師や看護師が患者さんの病状悪化を見逃してしまったりしたら、あなたに責任が取れますか」

そこまで言われたら、さすがに返す言葉がない。駒子も黙るしかなかった。

「あくまでも鈴村はヘルパーですから、病院の中のことを決める権限は一切ありません。私の方からも言っておきますけど、今後、こういうことはやめてください」

「すみませんでした」

しおらしく駒子が頭を下げると、看護師さんは病室を出て行ったが、瑠美ちゃんの化粧を落とす前に、同室の患者さんたちが〝ラプソ〟になった彼女を囲んで、スマホで写真を撮りまくった。それなりに長く入院しているせいか、妙に仲のいい人たちだ。

特に太ったおばさんと、丸メガネをかけたおばさんのノリが良く、駒子も引っ張り込まれて、なぜか真ん中で瑠美ちゃんと並んで写真を撮った。

5

その日の深夜、駒子はお初天神からほど近いファミレスで、智美と向かい合っていた。テーブルの上には夕食のパスタやピザ、ドリンクバーのアイスコーヒーが並んでいる。

今日のお礼がしたいと智美が言うので、店の近くまで来てもらったのだ。智美にすれば、仕事帰りに梅田に寄って遊んでいくのは珍しくないことらしい。

「コマちゃん、今日はありがとな。瑠美ちゃん、すごい喜んどるわ」

瑠美に送ってもらったらしい写真をスマホで見ながら、智美は言った。

「でも、後が大変やったんちゃう？」

アイスコーヒーに口をつけた後、駒子は言った。

「いやぁ、ほんまにコマちゃんが帰ってからが大騒ぎや。これからお風呂の介助で大変やって時に呼び出されて、たっぷり叱られたわ」

「何や、それ。説教なら、あんたの手が空いた時にすればええのんに」

「自分が頭来とる時に文句言わんと気が済まんって人は、いっぱいおるからなぁ。それに、うちの手が空く時間って、なかなかないし」

智美は仕事中に呼び出されて、あの小川(おがわ)という看護師さんに、さんざん絞(しぼ)られたらしい。確かに病院のルールを破ったこっちが悪いが、それにしても。

「最近は、入院しとる人にも薄化粧くらいは認めるって病院も、増えとるんやけどな」

「そうなんか」

「赤ちゃんのいる産婦人科とかは別にして、そうさしてやった方が元気が出て、病気の治りがよくなる人もおるんやて。でも、あそこの病院では、まだ禁止のままやねん」

「あの看護師さんの言い方、えらいキツかったなぁ」

ついでに、智美の名前を出した時にイヤな顔をしていたことも、きっちり報告する。

「まぁ、しゃあないわ。あん人、昔からうちらが嫌いやねん。いや、嫌いっちゅうか、ずーっと下に見てんねん。ほんま、看護助手って、みんなから叱られたり文句言われたりで、いろんな人の不満のゴミ箱みたいになっとるわ」

「そんなキツい仕事、何でやってんのん」

「さぁ、何でやろなぁ……給料かて、少ないのにな」

「自分で言うてたら世話ないわ」

駒子が『宵待』の仕事を続けていられるのは、専門学校の学費を稼ぐという目標があるからだ。昼間のコンビニバイトとのかけもちなんて、そう長続きしないことは自分でもわかっている。

「やっぱり、人に喜んでもらえるのが、嬉しいからかもしれんね」

そう言うしかないやろな……と駒子は思った。そうとでも思わなければ、辛い仕事なんか続けられない。でも実際は、その順序は逆だと思う。人の喜ぶ顔が見たいから辛い仕事をするんじゃなくて、辛い仕事にしか就けないから、そう考えて自分を慰める。そうでもしないと、とても続けられない――それが現実だと思う。

駒子が冷笑まじりに言うと、智美は悲しそうな顔をした。

「コマちゃんみたいな優しい人が、そんなこと言うたら寂しいわ」

「何を寝ぼけたこと言うてんねん。アタシは冷たい方やと、自分でも思うとるで」

「何イキッとんねん、この人は」

パスタをフォークに巻き取らず、まるで焼きそばのように食べながら、智美は笑った。

「コマちゃんは優しい人やって、うちは子どもの頃から思っとったで」

「子どもの頃って……あぁ」

駒子は、転校してきた智美から、誕生日に花束をもらった日のことを思い出した。

「そういえば、あんたのこと、思いっきりどついたこともあったやん」

「あぁ、うちがお花をあげた時のことやね」

「その花も、思いっきり投げ返したわ。それのどこが優しいねん」

「でも、廊下に落ちてたお花を、絶対に踏まへんかったやん」

思ってもみなかったことを指摘されて、駒子は驚いた。

確かに自分は花を踏まなかった。小さい頃から、お父ちゃんにうるさく言われていたからだ。

「えぇか、コマちゃん……花は絶対に踏んだらあかんで。花はな、そんなふうに咲くまで、ぎょうさん日に当たって、ぎょうさん雨に当たって、ぎょうさん風に揺らされてきたんや。

そんなにがんばってきた花を、自分の足で踏むようなことを、絶対にしたらあかん。いや、お父ちゃんが一番大事にしてるコマちゃんに、そないなこと、して欲しないんや」

お父ちゃんから、この世の上手い渡り方なんて、今でも聞いたことはないけれど、この言葉だけは、智美とケンカした頃には、もう心のずっと深いところにあった。いつ聞いたのかも覚えていないのに。

「何か照れるわ、そんなん言われたら」

正直なところ、あまり人に褒められたことのない駒子は、開いた手のひらで顔を煽ぎながら言った。

「そんなことよりな、あんた、ちゃんと言っときよ。普通のメイクやなくて、コスプレやて。知っとったら、もっと支度したのに」

「でも、ようできてたやんか」

「いや、もっと道具と化粧品が揃とったら、あれ以上のもんができたはずや。正直、あれで一万円は取れんわ、アタシとしては。お金を払ってくれた瑠美ちゃんママにも、申し訳が立たん」

「ええやん、もう払(はろ)うてもうたし」

「いや、それやったら、こっちの気が済まんのや……しゃあない、交通費込みで、三回分のお値段っちゅうことにしとこか。だから、あと二回、追加料金なしでメイクしに行ってあげるわ。お得やろ。ちゃんと瑠美ちゃんママに、そう言うといて」

その言葉に、智美は大爆笑した。

「わかりやすっ！　コマちゃん、照れとる！　メッチャわかりやすっ！」

「やかましわ」

駒子も笑いながら、パスタを焼きそばのように食べた。

6

それから駒子は、言葉通りにあと二回、無料で瑠美のメイクをしに市立病院へ行った。例の小川という看護師さんに見つからなかったのは、同室の人たちが、巡回のタイミングやらナース室の様子やらを教えてくれて、鉢合わせせずに済んだからだ。

智美の仕事は夜勤もあれば日勤もあり、聞くだけで目が回りそうなスケジュールだった。病院では落ち着いて話す時間もない。

駒子のほうも、週四回のコンビニバイトがあって、土、日以外はほとんど『宵待』に出ているから忙しい。それでも、メイクしてあげた瑠美ちゃんの様子を智美に知らせたかったし、そもそも幼馴染といえる仲でもあったから、都合を合わせてご飯を食べに行ったり、梅田界隈（かいわい）をぶらついたりして遊ぶようになった。

あまり快く思っていなかった智美と、大人になってから仲良くなるというのも、思えば不思議な話だ。駒子にも親友と呼べるような友だちはいたけれど、夜の仕事を始めてからは、何となく距離ができてしまって、近頃は智美とばかり会うようになっている。

でも、人との付き合いなんて、そんなものかもしれない。人と人が、自然に仲良くなるなんてことはない。仲良くするから仲良くなる。それだけのことなのだ。

来週からお盆休みという日曜の夜、駒子は智美と梅田地下街の居酒屋でだべっていた。二人ともあまり飲めるほうではないので、レモンサワーを二杯も飲めば上機嫌になる。

お互いの父親と母親が再婚していたら、どうなっていたか――もう何度となく話題にした〝もしもの話〟で、その晩も盛り上がっていた。

駒子にとっての母親は、もちろん実のお母ちゃんだ。でも、お母ちゃんが突然いなくなった後は、独身だった輝美おばちゃんが実家から出てきて、それまでお母ちゃんがやっていたことを、代わりにやってくれた。『みよし』だって輝美おばちゃんが来てくれなければ、とっくに潰れていただろう。

駒子はずっと「おばちゃん」と呼んでいたけれど、輝美おばちゃんは母親そのものだ。もちろん感謝もしているし、何より大好きだ。

「やっぱり、コマちゃんは優しい人やから、優しい人がまわりに寄ってくるんやな」

「でも、お店はそろそろ危ないかもしれんな。ほら、うちらが行っとった小学校の向こうに、大型スーパーができたん知ってる？」

「いや、知らへん」

智美は高校の時に京橋の方に越してしまったので、中学の時まで住んでた東大阪のことは、あまり知らないらしい。

「そこがもう、メチャクチャ広くて便利でなぁ。たこ焼きとかお好みとかが食べられるフードコートみたいなんがあって、そこにゴッソリ客を取られてもうたんや。いつ潰れてもおかしくないって、お父ちゃん、言うとったで」

特に昼に来ていた近所のおばちゃんたちと、学校帰りの高校生たちの数が、ドカッと減ってしまったのが大きい。

「おまけに、実家のおばあちゃんの調子も悪くなってるから、もう店を畳(たた)んでまおうかって、輝美おばちゃんは考えてるらしいわ」

「そんな……『みよし』がなくなったら寂しいわ」

「そう言われても、お父ちゃん一人じゃ、ちょっと無理やろうしな。たぶん店を畳む方向で決まるんやないか」

「コマちゃんがおるやん」

「アホ言わんといて。何でアタシが、若い身空(みそら)でお好み焼き屋の姉ちゃんにならんとあかんのよ」

そもそも駒子が家を出たのは、そういう気持ちが強かったからだ。お父ちゃんと二人で店に立つ自分は、ちょっと想像できない。

「それこそ、ほんまに智美のママとうちのお父ちゃんが結婚してたら、よかったかもしれんな。そしたら、あんたに店番は任して、アタシは呑気にやらしてもらうわ」

これまで何度も口にした冗談だったのに――その日の智美のリアクションは、思っていたより重たかった。

「いや……やっぱり、うちのママには無理や」

「なんで？　前は賛成しとったやん」

「ママは普通に働くことなんて、これっぽっちも考えてへんのや」

どう答えたらいいのか、駒子はすぐにはわからなかった。

「うちのママは、とにかく人に見下されるのが大嫌いやねん。相手が、ほんまはそう思ってなくても、ちょっとしたことでバカにされとるって、勝手に思うねんな」

そういえば、駒子が智美の母親を見たのは、小学校の授業参観に来た時の一回だけだが、それこそ北新地のクラブのママのようなファッションをしていた人だった。メイクも派手で、少なくとも子どもの授業参観にはそぐわなかった。本当にクラブのママを仕事にしている人なら、もっと時と場所に合わせた格好が選べるはずだ。

「もしかしたら、お医者にかかったら何か病名をつけてくれるかもしれんけど、うちのママはな、感情の起伏言うんか、あれがすごく激しいねん。外面をメッチャ気にしてな。ちょっとでもバカにされたと思ったら、その人とすぐにケンカしてまうねん。パパと別れたんも、それが原因や。パパは普通の会社員やったけど、幼稚園行ってたうちの前でも、ママは平気で『あんたは甲斐性ナシや』とか、『こんな貧乏な暮らしは、恥ずかしくてたまらん』とか言うてたから」

駒子は、智美が初めてみせた怒りの表情にたじろいだ。

「だからママは、パパと別れてから、羽振りのいい人ばっかりと付き合うてるで。何であんなにモテるのかは知らんけど、男の人の間を飛び回ってるわ」

「ごめん、いっぺんだけ言わして……ひどいママやな」

智美は笑ったが、顔はひどく歪んでいる。

「そのくせ、どんな男の人とも長続きせんしな。ああいう親がおると、疲れるで」

駒子は、自分がずいぶん恵まれていたことに気づいた。お父ちゃんも輝美おばちゃんも優しいし、駒子の前で人の陰口や悪口も言わない。どこかの誰かと逃げて行ったお母ちゃんも、ひどい母親かもしれないが、逆に近くにいて迷惑を振りまき続けていないだけ、智美のママよりはいいとさえ思えてくる。

「あんたも苦労しとるんやな」

「でもな……うちは今でもママが、ちょこっとだけ好きやねん」

「ちょこっとだけ?」

「うん。小さい頃に、どっかの公園に連れて行ってくれたことがあってな、そこでママと二人でかくれんぼしたことがあんねん」

その程度の記憶なら誰にでもあるやろ、と駒子は思った。自分にだって、別れる前の母親に遊んでもらった記憶くらいある。

「うち、その公園のツツジの植え込みの中に隠れとったん。そしたらな、ママがうちを呼んどる声が聞こえんねん。『トモちゃん、どこにいるかなぁ~』って。ほんまは、とっくに見つかっとったんやろね。でも、ママは、わざとわからんふりして、うちと遊んでくれとんねん」

智美の話を聞いていると、その光景が見えるような気がした。

「それで、うちはツツジの植え込みの中で、クスクス笑っとんねん。見つかったらタイヘンって思いながら、でもホンマは見つけて欲しいて、クスクス笑っとんねん」

やにわに智美の目に涙が滲(にじ)んだかと思うと、すぐに光る粒が一つ流れた。

「あんな思い出が残ってるから……ママがどんな人やろうと、絶対にキライになれへんのや。いつかまた、あのママに戻ってくれるんやないかと思うたら、ママを放り出してまうことなんか、できひんねん」

「智美……」

駒子は智美の手を強く握りながら思った。

(子どもは、ホンマにかわいそうや。いつまでも、いつまでも、親のことを忘れられへん。向こうはとっくに、子どものことなんか頭にないかもしれへんのに……)

今夜は少し飲みすぎたかもしれない、と駒子は思った。

7

それから半年ほどの間、駒子は平穏に過ごしていた。

地道に『宵待』で働くうちに、少しずつ〝ハルちゃん〟に馴染客が付くようになり、それに連れて給料の手取りも増えた。ムダ遣いをしなければ、思っている以上に早く、美容学校の入学金や学費が貯められるかもしれない。コンビニのバイトも、週二回くらいに減らせそうだ。

智美が働いている市立病院にも何度となく顔を出し、こっそり瑠美ちゃんにメイクしてあげたり、時には瑠美ちゃんママにもメイクしてあげたりして、すっかり親しくなった。

瑠美ちゃんママは、瑠美ちゃんの他にもう一人の子どもを育てているシングルマザーで、ろくに養育費を払わない元夫のために、苦労ばかりしている人だった。

ある時、「もう友だちなんやから、メイクのお金なんかいりませんよ」と言ったら、瑠美ちゃんママが不思議そうな顔をした。

「すみませんけど、今までに、お金をお支払いしたことは……」

「え？」

「でも、駒子さんには、ほんまに感謝してるんです」

瑠美ちゃんママも「何度も娘がメイクしてもらっているので、何か駒子にお礼がしたい」と智美に言ったことがあるらしい。しかし、智美は逆に申し訳なさそうな顔をして、答えたというのだ。

「コマちゃんは子どもの時から、ほんまに優しい子なんです。メイクも瑠美ちゃんのことが好きだからやってることですから、このまま、やらせてあげてください」

駒子は、思わず奥歯を嚙みしめた。

（大した給料もらってへんくせに、なんちゅうカッコのつけ方や……）

小学校の頃から、ずっとアホアホやと思ってきたけれど、そこまでとは思わなかった。

お金のことでこんな無理をしていたら、いずれは続かなくなってしまう。

すぐに智美に連絡しようとスマホを取り出したが、脳裏に浮かんだ智美の笑顔が、駒子を思い止まらせた。今さら智美に何を言っても仕方がない。あの子はそういう子や。なんでも他人に与えてしまう。

アホアホやとは思ったが、そんな智美を頭ごなしに否定する気にはなれなかった。智美には何も言わないままでいようと、駒子は心に決めた。


智美と再会してから、ちょうど一年が経とうとしていた、三月の寒い夜。

その日は、どういうわけか『宵待』の客の入りが悪かった。

週の初めだからだったかもしれないし、その数日前に関西で大きめの地震が何度か続いて、繁華街で遊ぶ気になれない人が多かったからかもしれない。

「今日は、もうあかんなぁ」

まだ十時前だというのに、八重子ママは深い溜め息をつき、やることもなく掃除ばかりしている店の女の子たちの何人かを、早上がりさせることに決めた。

「今日は、うちと他に二人おったらええわ。帰りたい子は、さっさと上がってええよ」

もちろん時給はつかなくなるが、駒子は帰ることにした。その日の出がけに取り込んで、部屋の隅で山になっている洗濯物を片づけたいと思ったからだ。

「じゃあ、お疲れさっした〜」

いつもと同じ挨拶をして店を出ると、外の風景は、いつもとわずかに印象が違っていた。考えてみれば入りの時間は早く、帰りの時間は遅いのだから、その間の時間に通りを歩くことは、ほぼなかった。休みの日には最初から近づかない。

（そういえば近くに、いい感じのお弁当屋さんがあったな）

『宵待』と兎我野のマンションとの間に少し賑やかな通りがあって、そこにチェーン店ではない、中華系のお弁当屋があった。前に何度か見たことがあるが、大抵は閉まっている時間だったので、まだ買ってみたことはない。ついでに、そこも開拓してみよう。

うろ覚えの道を何度か曲がると、その店の看板が見えた。まだ営業しているようだ。

（でも、こういう通りは、ちょっと苦手やなぁ）

その看板を目指して歩きながら、駒子はあたりをチラチラと見回した。そこは〝ミニ・ピンク地帯〟とでも言った方がよさそうなほど、小さな風俗店が集まっている。

上品ぶるつもりはないが、駒子はその手の店が苦手だった。人間の生臭さがあけっぴろげになっているようで、どんな顔をしていいか、わからなくなってしまうのだ。できれば客とも働いている人たちとも、目を合わせずに通り過ぎたい。

そう思いながら少し歩調を速めて通り過ぎようとした時、いきなり階段を駆け下りる大きな足音が聞こえた。五メートルほど前にある店の階段を、誰かが急いで降りてきたのだ。

「ちょっと待ってくださいよ、お客さん！」

そんな声が聞こえると同時に、階段を駆け下りていた足音のリズムが急に変わって、大きなものが転げ落ちる音になった。

とっさに近くのシャッターの閉まった店の前で足を止めると、その階段を灰色のスーツ姿の男性が転げ落ちてくるのが見えた。酔っているのか、あるいは元から運動神経が鈍いのか、かなり豪快な落ち方だ。

灰色スーツの男は、階段を落ち切った勢いで歩道に飛び出し、そのまま俯せに倒れる。

「お客さん、逃げちゃ困りますねぇ」

追いかけてきた黒いスーツを着た三十歳くらいの男が、俯せになった男の肩を摑んで押さえ込んだ。その男たちと駒子の間には紫色の電飾看板があって、思わずバカバカしい気分になってしまいそうな店名が、やはりバカバカしくなるような字体で書かれていた。

「うちは本番禁止。盗撮も禁止。何度も言いましたよね？」

黒いスーツの男が、丁寧だけれど高圧的に言うと、いきなり灰色のスーツの男が身を起こして土下座した。おそらく五十歳くらいの真面目そうな男性で、家に帰れば自分くらいの年齢の子どもでもいそうだ……と駒子は思った。

「勘弁してください！　勘弁してください！」

灰色スーツの男性は土下座したまま、何度も頭を下げながら叫んでいた。よほど高額なペナルティーでもあるのかもしれない。

とにかく早く通り過ぎてしまおうと、小走りで店の前に差し掛かった時。

「マネージャーさん、もうええやないですか。そんなに謝ってはるんやし、少しくらいオマケしてあげるのは、あかんのですか」

階段の上の方から、女の声が聞こえた。この客の相手をしていた店の女性なのだろうが——その声と口調には聞き覚えがあった。

それを確かめようと顔を上げると、下着姿にシースルーのカーディガンしか身に着けていない女性が、隠すように胸の前で手を交差して、しゃがみ込んでいた。

間違いなく、智美だった。智美もまた、駒子を認めた。

弁当を買うことも忘れて走って帰った部屋で、駒子がぼんやりしていると、テーブルの上に置いたスマホが鳴った。

例の目を大きく見開いて、両頬を自分の両掌で包み込む〝ぶりっ子ポーズ〟の智美の写真が画面いっぱいに広がっている。智美からの着信の時に出てくるようにセットしてあるのだ。

「コマちゃん」

電話に出ると、智美の声が聞こえた。どこか狭い部屋の中にでもいるような声の響き方をしている。

「智美……あんた、何やっとんねん」

「ごめんな。ビックリしたやろ」

端（はな）からケンカ腰で言うと、智美は逆に冷静な声で返してくる。

「何で、あんたが、あんなとこにおるんや？　どういうことや？」

「どういうことも、こういうこともないがな。うち、あそこで働いてるんや」

「働いてるって、あんた……」

その先の言葉がうまく出てこないで、思わず黙ってしまう。智美が先回りして答えた。

「心配せんでええよ。あそこは本番禁止やから」

〝本番〟という言葉に、思った以上に嫌悪感が走る。しかも、それが智美の口から出てくるなんて。

「いやや、そんなん気色悪い！」

「じゃあ、何て言えばええのん？」

「言わんでええ！」

気がつけば、駒子の呼吸は荒くなっていた。

「あんた、ちゃんと看護助手しとったんやないんか」

「今もしとるよ。明日も出勤や。まぁ、こっちもある意味、下の世話をしとるのは一緒かな」

智美らしくもない下品な冗談。

「智美、あんた……どうしたん？　そんなにお金がいるんか」

「前にも言うたやろ。うちの場合は、ちょっとママがな」

「ママさんが？」

「とにかく、お金がかかんねん。一週間のうちに、何べんも、お金がいるお金がいるって言うてくるんや。それで〝ない〟っていうたら、シクシク泣くんや。たった一人の娘に見捨てられたって」

「そんなん、ムチャやわ。言うことなんか、聞くことあらへん」

「それで済ませられたら、楽なもんやろな」

智美の声は、今までに聞いたことがないほど無感情だった。

「でもな……正直に言うと、あの仕事、うちはそんなに嫌いやないねん」

「あんた、何言うとんの」

「お客さんたちも、おとなしくて、いい人の方が多いんや。あんまりムチャな人が来たら、マネージャーさんが叱ってくれるしな」

そう言って智美は笑ったが、その笑い方は小学生の頃と、まるで変わりがない。

「なんや、それ……」

体中から力が抜けて、おまけに空気も抜けて、駒子は自分がぺしゃんこになったように感じた。それ以上、口を開く気力さえなくなった。

「智美の言うことは、わかったわ。そこまで言われたら、アタシが口出すことやないな。好きにしたらええよ」

「コマちゃん、もしかして怒った？」

「怒ってへんよ。やっぱり智美とアタシは、仲良しでも別の人間やからな。それはしゃあないわ」

「コマちゃん、怒ったらイヤや」

「怒ってへん。怒ってへんよ」

少しの沈黙を置いて、駒子は続けた。

「今日は疲れたから、もう寝るわ……またな」

話を強引に終わらせるように駒子が言うと、智美は慌てて叫んだ。

「コマちゃん、うちら、ちゃんと友だちやんな？」

駒子は力ない声で、呟くように言う。

「当たり前やろ。うちらは友だちや。でも、しばらく会いたない気分なんや。ごめんな」

「ごめん、ごめんやで、コマちゃん」

何も言わずに駒子は電話を切った。

電話が来る前に、智美が働いている風俗店に関する情報を、ネットで見ていた。そこには、どんなサービスをいくらで提供するかが、事細かに書かれていた。

いつもだったら、こんなのは話のタネにしかならない。「金のためとはいえ、よくやるわ」と、誰かと笑っていたかもしれない。

けれど、それが今、智美がやっていることなのだと思うと、なぜだか目が潤んだ。どうして自分の友だちが――最近ようやく親友と呼べるくらい仲良くなった友だちが、こんなことをしなくちゃいけないのか、考えるだけで苦しくなる。腹立たしくてしょうがなくなる。

やがて駒子は、声をあげて泣き伏した。

8

駒子は相変らず『宵待』に出勤し、お客さんのカラオケに拍手したり、お代わりの水割りを作ったり、灰皿を片づけたりしていた。

八重子ママは親切にしてくれるし、先輩のホステスに面倒くさい人もいない。駒子はいつのまにか、仕方なく選んだ『宵待』の仕事が好きになっていた。

四月の中頃、お客さんと一緒にデュエット曲を歌っていると、店のどこかで「コマちゃん」と呟くような声が聞こえたような気がした。思わずあたりを見回してみたが、声の主が誰なのか、わからない。

考えてみれば自分は『宵待』では〝ハル〟と呼ばれていて、本名が駒子だと知っているのは八重子ママだけだ。プロ意識の高いママが、仕事中にホステスを本名で呼ぶことなど、あり得ない。

(気のせいか……それとも、酔っぱらったんかな)

お客さんに付き合って何杯か水割りを飲んでいたので、それも考えられないことではなかった。最近はかなり飲めるようになったが、もともと駒子はアルコールに強いわけでもない。

結局、その時は、それ以上考えるのをやめた。たぶん先輩ホステスの誰かの声が、そんなふうに聞こえただけなのだろう——そう思うことにした。

それから数日が過ぎた店休の日、駒子はふと思い立って、市立病院に出向くことにした。久しぶりに瑠美ちゃんの顔を見に行こうと思ったのだ。

あれから智美とは会っていない。

本当に怒っているわけでもないし、風俗の仕事を差別しているつもりもないのだけれど、どうしても話をする気になれなくて、電話にも出なかったり、メールが来ても、簡単な返事だけで済ましていた。今日はついでに智美に会って、何事もなかったかのように普通の会話ができればいい……とも思っていた。

いつものように二時頃に病院に着き、受付の横を通って東病棟の方に向かう途中で、瑠美ちゃんママが、カウンターを挟んで職員と話しているのを見かけた。声をかけようかとも思ったが、話の邪魔になってはいけないと遠慮した。どのみち病室で会えるだろう。

そのまま四階に上がって、いつもの部屋を訪ねる。

「こんちは～」

気さくに声をかけながらドアを開けると、すっかり顔見知りになっている人たちが、驚いたような表情で駒子を見た。

「瑠美ちゃん、しばらく来れんで、ごめんね」

そう言いながら、いつもの窓際のベッドに向かうと――全く見覚えのないおばあちゃんが、瑠美ちゃんのベッドに横たわっている。

（ん？　部屋変わったんかな）

そう思った時、顔馴染の太ったおばさんが、駒子の腕を掴んで、その場から引き離す。

「お化粧のお姉ちゃん……あんた、何も知らんで来たんやろ」

いつも笑顔を浮かべていたおばさんが、妙に険しい表情をしているのを見て、初めて別の可能性に気づいた。

「瑠美ちゃんな、四日前に亡くなったで」

「え？」

喉元が絞られたように縮まって、駒子は短く息を吸い込む。

「ちょっと、こっち来て」

太ったおばさんと、やはり顔馴染の丸メガネのおばさんが、駒子と一緒に病室を出て、廊下で説明してくれた。

「夕方に、急に苦しそうにしてな……うちらがナースコールしたんよ」

「今まで見たことないくらい、顔の色が悪うなっとったわ」

そのままＩＣＵに運ばれ、その夜のうちに亡くなってしまったのだという。

「お母さんと瑠美ちゃんの妹さんが駆けつけてきて、看取ることはできたらしいんやけどね……あんなに元気そうに見えてたのにな」

廊下に立ったまま話を聞くうちに、駒子の視界が滲んできた。

（まだ十四歳やのに……あんまりや）

そして、茫然としている駒子に、丸メガネのおばさんが、さらに信じがたいことを囁いた。

「あんた……あんたの友だちが亡くなったことは、知ってるんやろうな？」

誰のことを言っているのだろう——まさか、智美とか？　いや、まさか。

「瑠美ちゃんの世話しとった、鈴村さんっておったやん。あの人も、瑠美ちゃんと同じ日に、亡くなりはったんやで。何でも仕事中に倒れはって、そのまま、いっぺんも目を開けんかったって」

「ウソや！」

思わず声が大きくなった。

重い病気で入院していた瑠美ちゃんならともかく、何でもない智美が簡単に死ぬなんて、あるわけがない。

「一人で六階のホールを掃除しとる時に、倒れたらしいわ……もしかしたら〝くも膜下出血〟やないかって」

太ったおばさんが言葉を足す。

くも膜下出血——確か脳の血管のふくらみだかが切れて、それこそ突然に亡くなってしまうこともある病気だったと思うが。

「そんな……そんな」

「詳しいことが知りたかったら、病院の人に聞いてみたらええんやないの」

「そうしますわ」

駒子は体を震わせながら、エレベーターの方に向かう。二台あるエレベーターは、両方とも四階を過ぎたところだった。じっとしていられなくて、階段で一階まで降りる。

（智美、ウソやろ？　あんたに限って、そんなこと、あるわけない……あるわけない）

一階に降りて、智美のことを誰に聞くのがいいか考えを巡らせていると、不意に誰かが背中に触った。振り向くと、瑠美ちゃんママだ。

「志田さん……」

「娘のこと、聞いてくださりました？」

「えぇ、今、病室の人たちに」

「ほんとに皆さんには、お世話になりっぱなしで」

瑠美ちゃんママは、流れ始めた涙をハンドタオルで押さえながら、頭を下げた。駒子も強引に心を落ち着けて、瑠美の死を悼（いた）んだ。

「それで……病室の人たちが言うてたんですけど、智美も亡くなったっていうのは、本当ですか」

「私も後になって聞きました。大変、お気の毒なことで」

「そんなことって……」

瑠美ちゃんママに言っても仕方のないことだとはわかっている。でも、同じ病院で同じような時間に、当の患者と、その面倒を見ていた看護助手が亡くなってしまうなんて——。

取り乱す駒子に、瑠美ちゃんママが妙に落ち着いた声で言った。

「お友だちの駒子さんに、こんなことをお話しするのも、どうかと思うんですけど……実は瑠美がＩＣＵで亡くなる少し前、朦朧としながら口走ってたんです。『暗いところに行くんは怖い。一人で行くんは怖い』って、何度も……きっと、あの子の目の前は、もう暗うなってたんでしょうね」

瑠美ちゃんママは、せわしくハンドタオルで目元を拭いながら言葉を続ける。

「それで、私も枕元で、ずっと娘の名前を呼び続けてたんですけど……突然、瑠美の様子が落ち着いたんです。それこそ、私はお別れの時が来たんかなと思うたんですけど、そうやなかったんです」

「気がついたんですか？」

「何ていうんでしょう……迷子やった子が、やっと帰り道を見つけたみたいに、安らかな顔になったんです。そして、右手を、こう前に突き出して」

瑠美ちゃんママは言葉通りに、前に伸ばす。

「こう言うたんですよ……『ありがとう、トモちゃん。一緒やったら、ぜんぜん怖ないわ』って」

いや、そんなはずはない。きっと娘の死にショックを受けた瑠美ちゃんママが、夢と現実の区別がつかなくなっているだけだと駒子は思ったが――智美なら、暗い道で一人で怯えている瑠美ちゃんを放っておけなかったとしても、不思議はない。たとえ自分が帰れなくなっても、手をつないでやるはずや。智美はそういう子や……。

駒子はその場にしゃがみ込んで、声を殺して泣いた。

それから三年が過ぎた春の昼下がり――駒子は北摂にある霊園の歩道を歩いていた。

墓地は山の斜面に作られており、まるで住宅地のように、多くの墓がいくつものブロックに整頓されている。視線を遮(さえぎ)るものはなく、見通しがいい。

その一画に二本の桜の木が植えられ、そのまわりを煉瓦風(れんがふう)のブロックで低く囲った場所があった。自然に還ることを選んだ人たちが眠る〝樹木葬〟の区画だ。墓碑もなく、どこに誰が眠っているかを示すものは何もない。

駒子は立ち止まると、肩にかけたバッグから線香の束を取り出した。備えられているライターで火をつけると、ステンレスで作られた線香皿に寝かせて、手を合わせる。

この区画のどこに智美がいるのかわからないが、本当に智美らしい墓だと駒子は思った。あの子は、生きている間に何を為(な)したかと問われることさえ、望んでいなかったから。

春風に雪のような花びらが舞い上がるのを見ながら、駒子は呟いた。

「智美、あんたは……何でも、他人にくれてやり過ぎやったで」

霊園には、いたるところに花が溢れている。駒子が名前も知らない花が、あちらこちらに赤や黄色や紫をちりばめている。

「そんなに人にあげてばっかりで、あんたには何が残ったんやろうな」

目の前の桜の木を智美と思って、駒子は話しかけた。

「智美……アタシな、今度、店の手伝いすることにしたわ。とりあえず美容学校は卒業できて、美容師免許もゲットできたからな。免許さえあれば、この先はどうにかなるやろ。せやったら、しばらくは、店を手伝ってやってもええと思ったんや。輝美おばちゃんも、おばあちゃんの面倒見るために、実家に帰らなあかんしな。さすがに一人じゃ、お父ちゃんがしんどいわ」

すでに東大阪の実家に帰って『みよし』の手伝いをぽつぽつ始めているが、駒子が店に立つだけで、客の数は面白いほどに増えている。やっぱり〝きれいな姉ちゃん〟の効果は絶大だ。

「ちょっとは、親孝行らしいこともせんとなぁ」

そう言って大きく伸びをした瞬間、暖かい風が吹き抜けて、あふれんばかりの花びらが一斉にきらめく。

駒子の言葉に応えるような鳥のさえずりも、どこからか聞こえた。

百舌鳥乃宮十六夜詣

あれから半世紀以上も過ぎているのに、今でもカンコを思い出す。

奥深い山の中の小さな家の前に立ち、首をせわしく動かしながら、じっと空を見上げていた姿だ。小鳥だった頃も、あんな風に空を見ていたのだろう。

長いまつ毛に縁どられた大きな目と、赤らんでいた頰の艶やかさが、カンコを幼く見せていた。

カンコは、すでに自分が翼を失っていることを知っていた。いくら羽ばたいたところで、自身が風に乗れないのを、ずっと前から知っていたのだ。

カンコは、人と魂を取り換えてしまった、可哀想なモズだった。

*

森の中を吹き抜けていく風は、すでに刃(やいば)を含み始めているかのように冷えていた。襟元(えりもと)に寒さを覚えた陣太郎(じんたろう)は、立ち止まってジャンパーのチャックを上まで閉める。

「おうい、貞夫(さだお)！」

あたりを見回してみるが、貞夫の姿は見えない。ただ石と木と草ばかりの道だが、さっきより空の色が橙色(だいだいいろ)に近くなっている。

（貞夫のヤツ、勝手に先に行くなって言うたのに……）

やっぱり、山に入ったのが遅かった。これから沢まで行っても、こいつを焼いて食べる時間なんて、ないかもしれない——手にした新聞紙の包みに目をやりながら、陣太郎は思った。

「おうい、貞夫！　貞夫！」

何度も叫んでみたが、返事はない。ただ風が木々の葉を同時に揺らし、波のような音を立てるばかりだ。

(まさか、道に迷ったんやないやろな)

そう思った時、数メートルほど先の草の塊(かたまり)の脇に、石のお地蔵さんらしきものが立っているのに気がついた。学校の廊下に置いてある消火器くらいの大きさだ。

近づいてみると、全身のあちこちが削れていて、とても仏さまとは思えない姿をしている。特に顔の当たりは傷だらけで、目鼻の場所さえわからないほどだ。

(もしかして……ナメクジ地蔵さんやないか、これが)

身体のあちこちが削れた姿が、溶けかかったナメクジが立ち上がった姿のように見えないこともない。このお地蔵さんが、大人たちが〝ナメクジ地蔵〟と呼んでいるものだとすれば、陣太郎がいるのは、絶対に子どもだけで来てはいけないと、うるさく言われている場所だということになる。何せ、この地蔵を越えた先には――。

「兄ちゃーん」

思いがけず、後ろから子どもの声がする。

振り返ると、自分が歩いてきた細い道を、一匹の猿が走って来るのが見えた。いや、猿ではなくて、小学一年生になったばかりの貞夫だ。

「兄ちゃん、こっちに来ちゃあかん。父ちゃんたちに怒られるで」

陣太郎のすぐ前に立ち止まると、貞夫は目を大きく見開いて言った。こういう顔をすると、ますます猿に似てくる。

「おまえがチャッチャカ行ってまうから……どんだけ足速いんや」

「何や、兄ちゃんはアベベみたいにヒョロッとしてるのに、足は速ようないんやなぁ」

「アホぬかせ。おまえはちっこいから、こんな森の中でも平気やろうけどな、俺はタッパがあるから、横枝が肩やの頭やのに引っかかってまうんや。それにアベベかて、こんな山ん中は走らんわ。あいつは裸足やで」

少し前までテレビでやっていた東京オリンピックのマラソンでは、選手たちはきれいに舗装した東京の道路を走っていた。アフリカからやって来たアベベは、そこで一等になって金メダルをとった。日本の円谷も銅メダルをもらった。

「アベベは置いといてやな。そろそろ帰らんと、まずいんやないか。日が沈むのが早くなっとるから」

陣太郎は四年生だったが、秋は日暮れが始まって夜になるまでが、それまで以上に速いのだと知っていた。

西の空がほんのり赤らんだかと思うと、その赤は木綿（もめん）に染みていくような速さで濃くなっていく。やがて一番星が出ると、その周囲から空は、紫、青紫、群青へと変わっていく。そうなる前に家に帰りつかなければ、祖母や母が心配し始めて面倒なことになる。

「ちぇっ、沢に降りてハンバーグを食べるのは、ナシかぁ」

「また出直せばええやんか」

手にした新聞紙の包みを示しながら陣太郎が言った時——自分たちを取り囲んでいる森のどこかから、奇妙な声がした。

「おうい、さぁだぁおう……」

陣太郎と貞夫は思わず顔を見合わせ、ナメクジ地蔵から慌てて離れる。

「何や、今の。子どもの声か？」

そう言いながら陣太郎は首を捻（ひね）ってみたものの、簡単に判断することができなかった。

同じ子どもでも、男の子の声のようにも女の子の声のようにも聞こえたし、大人の女の人の声のようにも聞こえた。

その中のどれだったか考えていると、さらに続けて聞こえる。

「さぁだおう……さぁだぁおう……おうい」

初めは何と言っているのかわからなかったが、三、四回聞いて、ようやくわかった。

さぁだおう——さだお。つまり貞夫。

どういうわけか、その変な声は、貞夫の名前を呼んでいたのだ。

「おまえを呼んどるぞ」

陣太郎が小声で言った時、すでに貞夫は陣太郎のジャンパーの背中にしがみついていた。

「おい、そんなに引っ張ったらあかん」

「陣兄ちゃんには、わからんの?」

貞夫は陣太郎の背中に身を隠しながら、震えた声で答える。

「あの声、陣兄ちゃんの声にそっくりや」

言われてみれば似ているような気もするが、自分ではよくわからない。

「やっぱり父ちゃんたちの言うとおり、この辺には化けもんがおるんや。早よ逃げんと」

貞夫はしきりに陣太郎の腕を引っ張って、その場から急いで離れようとした。けれど陣太郎はその手をほどき、ナメクジ地蔵に向かって歩き始めた。

「貞夫、おまえは待ってろや」

陣太郎が言うと、貞夫は再び目を大きく見開いた。

「なんで?」

「あの地蔵さんの向こうで、何かピンク色のものが動いたんや」

ほんの数秒だが、茂みの木々の間でそれが動くのを、陣太郎ははっきりと見た。十月も終わろうとする時期の山の中に、ピンク色をしたものが滅多(めった)にあるとも思えない。

陣太郎は手にしていた新聞紙の包みを貞夫に渡し、細い道を登り始めた。

ナメクジ地蔵さんから向こうには、絶対に子どもだけで行ったらあかん——。

陣太郎がこの町に越してきてから、ずっと言われてきたことだった。そこには得体(えたい)の知れない化け物がいて、子どもと見れば襲(おそ)いかかってくるとか、捕えられてしまうとかいうのだ。

陣太郎だって幽霊や妖怪の類(たぐい)は怖かったが、オリンピックで東京の空にジェット機が煙で五輪を描くのを見た後だと、科学の力を尊ぶ気持ちの方が強かった。
学校の図書室で江戸川乱歩の「少年探偵団」シリーズを読みまくっていたことも、勇気の源になっている。明智小五郎や小林少年たちが解く謎は、どれも不可思議な現象のように見えるけれど、実際には手品のようにタネがあった。つまり、あの自分に似た声も、茂みの向こうに見えたピンク色の何かも、知ってしまえば「なーんだ」と思うようなものに違いない、と陣太郎は考えたのだ。

ゆっくりとした足取りで、ナメクジ地蔵に再び近づく。

陣太郎が息を詰めて辺りをみまわすと、地蔵の向こうの薄暗い茂みの中で、何かが動くのが見えた。さっき陣太郎の目を引いた、ピンク色の小さな人影だ。

貞夫より少し高いくらいの背丈で、ピンク色のセーターらしいものを着ている。その上に灰色の半纏を羽織っていたが、両袖がないので、〝ちゃんちゃんこ〟と言った方がいいのかもしれない。

下は紺色に近いモンペで、靴は陣太郎が小学校で履いている上履きと同じようなものだった。その靴と背丈のせいで、自分と同じくらいの小学生の女の子ではないか、と陣太郎は思った。長い髪を二つに分けて、三つ編みのおさげにしている。

自分たちと同じように、山の中に小学生がいてもおかしくはない。おかしくはないが、よくあることでもないはずだ。どこの家の子だろうと、日が暮れる頃合いに一人で山の中に入るのを、禁じられていないはずがない。ましてやナメクジ地蔵のすぐそばで。

茂みの中で振り向いてみると、十メートルほど下がったところにある岩の陰から、貞夫が不安そうな目を向けていた。

再び女の子の方に顔を戻すと、その気配に気付いたのか、女の子はいきなり振り返って陣太郎を見た。

小学生くらいだと思った人影は、正面から見れば大人の女性だった。顔には表情がなく、喜怒哀楽の全部を忘れてしまったかのように、ただ目を丸く大きく見開いて、じっと陣太郎を見ている。

そして口には、何か震えるように動く茶色いものを咥(くわ)えていたが——何事かを高い声で叫んだ拍子に、それは土の上にボタリと落ちた。人の手のひらほどの大きさの蛙(かえる)だった。

「うわぁぁっ」

思わず陣太郎は叫んで逃げ出した。ずっと後ろにいた貞夫もまた、その声に驚いて走り出した。草だらけ石だらけの山の中にいることを、完全に忘れたような勢いで。

＊

次の日、陣太郎は小学校の帰りに貞夫の家に寄った。

貞夫の両親は大きな寺の門前で食堂をやっていて、家族はその二階に住んでいた。

「陣ちゃん、わざわざ来てくれたん」

店のガラス戸を開くと、カウンターの奥から貞夫のお母さんが出てきた。陣太郎は深々と頭を下げて、昨夜の言葉を繰り返した。

「おばさん、僕がついとるのに貞夫くんにケガさせてもうて、本当にすんませんでした」

「何も陣ちゃんのせいやないよ。あの子がおっちょこちょいやから……」

陣太郎が顔を上げると、

「陣ちゃん、もしかしたら、その顔」

陣太郎の左の頰は腫れあがり、唇の端にも少し切れた痕があった。昨日の夜、父親にぶん殴られたのだ。

「可哀そうなんは、陣ちゃんの方やなぁ……ごめんね」

貞夫のお母さんは、そう言いながら陣太郎を家の中に招き入れた。こんなに優しい貞夫のお母さんにも、実は半分も本当のことを話していないと思うと、申し訳ない気持ちになる。

貞夫の部屋に行くと、貞夫は文机の前に寝転んでマンガを読んでいた。

「貞夫、どうや？　足、まだ痛いか」

「あ、陣兄ちゃん、来てくれたんか。足はまだ痛いけど、湿布貼っとるから大丈夫や」

「とりあえず、骨が折れとらんかったのは、何よりやな」

昨日、ナメクジ地蔵の奥の茂みで奇妙な女の人に出会った時、陣太郎は声をあげて逃げ出したが、その声に驚いて貞夫も走り出した。

貞夫は足が速く身も軽くて、逃げるスピードは大したものだったが、山道を駆け降りるのには、それが仇となった。逃げ出してすぐに、貞夫は細い道に広がっていた木の根に足を引っ掛け、そのまま派手に転んでしまったのだ。その拍子に右足を捻ってしまい、立つこともままならなかった。

後から追いついた陣太郎は泣き叫ぶ貞夫を背負って、そのまま山を降りた。おそろしくて、後ろは振り返ることができなかった。

陣太郎が貞夫を家に連れて帰れたのは夜になってからだったが、右足首の腫れ方を見て、お母さんは慌てて近くの医院に連れて行った。どうにか骨折はしていないようだが、足首を捻挫していて、しばらくは動かさない方がいいという診断だった。

その後、ようやく自分の家に帰った陣太郎は、ろくに話も聞かない父親に、〝他人様の子にケガさせた〟という理由でぶん殴られる羽目になったが、ナメクジ地蔵の向こうまで行ったと言ったら、もっと殴られていたに違いない。

「めちゃくちゃ怒られたんやろ？　オンブして連れて帰ってくれたんに、陣兄ちゃんに悪いことしたわ。俺がハンバーグ食べたいって言わんかったらよかったんや。いや、百円、拾わんかったらよかったんや」

「そないな言い方したら、どっから悪かったんか、わからんやないか」

貞夫のお母さんに話を聞かれていないか用心しながら、陣太郎は言った。まぁ、確かに外でハンバーグを焼いて食べようというのは、少し無理があったかもしれない。

陣太郎たちが住んでいる山は大阪と奈良の間にあって、頂上には遊園地があることで有名なところだ。そこには日本で一番古いと言われているケーブルカーで下から登っていくのだが、その少し手前に古い大きなお寺があり、周りはそれなりに広い門前町になっていた。陣太郎の家も貞夫の家も、その中にある。

貞夫の家は、祖父の代から参拝客を当て込んだ食堂をやっていた。陣太郎は小学校二年の時に外から越して来た口だ。越してくる前、父親は東大阪でセルロイドのおもちゃを作る町工場をやっていたが、陣太郎が小学校に入った年に、火事で丸焼けになってしまった。無一文になった父親は、この門前町に住んでいた親類を頼って越してきて、今は夫婦そろって旅館で働いている。

家が近いというわけでもないのに、なぜか陣太郎と貞夫は仲が良かった。おそらく陣太郎が家族で貞夫の家の食堂に食べに行き、先に親同士が仲良くなって……という流れだったと思われるが、そのあたりは陣太郎もよく覚えていない。ただ気づけば、二人は兄弟同然に過ごすようになっていた。陣太郎は一人っ子だったが、貞夫には年の離れた姉がいて、二人をよくかわいがってくれた。

貞夫の言うとおり、昨日の出来事のそもそもの始まりは、貞夫が百円を拾ったことだった。学校が終わってお寺の近くで遊んでいた時、どこかの木の根っこに引っかかっていたのを見つけたのだ。

「これ、拾うてしもた」

そう言いながら貞夫が見せたのは、板垣退助の肖像画が印刷された、しわくちゃの百円札だった。

「うわ、やったなぁ。何か奢ってくれや」

お金を拾ったら交番に届けなさい——親や先生の教えが一瞬は頭をよぎったが、何事にも例外はある。

貞夫は少し考えた後、思いがけない答えを返してきた。

「じゃあ、二人で一緒に、マルシンハンバーグ食べようや」

「おいおい、あれは家で食べるもんやろ」

マルシンハンバーグは食料品店に並んでいる人気商品で、フライパンで焼いて食べる。つまり料理しなければならないから〝家で食べるもん〟と言ったわけだが、陣太郎もマルシンハンバーグは好物だ。

「百円あったら、六個も七個も買えるで。買って帰って、お母ちゃんに焼いてもろうたらええやん」

「それやったら、兄ちゃんが食べられへん。イヤや、そんなん」

貞夫は小学一年生ながら、いいヤツだ。でも、料理しなければならないものを、親に内緒で食べるのは無理だと陣太郎は考えたが——突然、面白いことが閃いてしまった。

テレビで見た西部劇で、主人公のガンマンが野営をする時、木の棒に刺した肉を焚き火で炙って食べていた。つまりフライパンじゃなくても、食べ物を焼くことはできるのだ。

その思いつきを話してみると、貞夫は目を輝かせた。焚き火で焼くという行為に、心を摑まれたらしい。

「大人に見つからんように、山の中でやろ」

「いや、それやと危ないで。火事になったら大事や。いざとなったら水をかけられるように、沢とか河原でやらんと」

「沢なら父ちゃんと行ったことがあるから、場所知ってるで。二十分くらい歩くけど」

その貞夫の言葉が、ただの思いつきをグッと現実に近づけた。あとは燃やすものとマッチがあれば、ハンバーグを焼くことができる。そしてマッチなら、家に帰れば何個でも転がっている。

「じゃあ、やってみるか」

昨日、二人で山の中を歩いていたのは、そういう事情があった。

結局、沢でハンバーグを焼くことはできなかった。それどころか貞夫が逃げる時に持っていたハンバーグの包みは、転んだ拍子に手から離れて、どこかに行ってしまったのだ。

「新聞紙で包んであったけど、猪（いのしし）とかが齧（かじ）ってもうたやろな」

残念そうに貞夫は言った。

「それにしても、陣兄ちゃんは度胸があるな。森の中で化けもんなんか見たら、俺なんか気ィ失ってまうわ。やっぱり鬼の仲間なんかな」

昨日、家まで背負っていく途中、陣太郎は自分が見たものを話して聞かせていたが、貞夫の中ではずいぶんとイメージがふくらんでいるようだ。

「まぁ、しばらくは山の中に入らんとこうや」

「頼まれてもゴメンやで」

そんな会話をして見舞いを切り上げたが、陣太郎はすでに正反対のことを考えていた。あんなものを見てしまった以上、ここで引き下がるわけにはいかない。ナメクジ地蔵の向こうには何があるのか、自分の目で確かめたいと思っていたのだ。

あの茂みの中で見た女の人は、決して化け物なんかではなかった。化け物は靴を履かないだろうし、ちゃんちゃんこも着ないだろうし、髪を三つ編みにしたりもしない。蛙を咥えていたことには、何か理由があるのかもしれない。

さらに言えば、ナメクジ地蔵の向こう側に行かないように……と大人たちが言うのは、それこそ、あの女の人のことを知っていたからではないだろうか。知っているからこそ、禁じるのだ。

「小林君、わかるかい。これは理科の問題だよ」

少年探偵団に難題が降りかかると、明智小五郎はそんなかっこいいセリフで少年たちを励ましていた。陣太郎は自分も少年探偵団の一員になったような気分で、事の真相についてあれこれと考え続けた。

そして導き出された結論は、十分に日差しがあるうちに再びナメクジ地蔵の近くまで行き、自分自身で調べてみることだった。

*

次の日曜日、陣太郎は昼ごはんを食べた後、友だちと約束があると言って家を出た。もちろん、貞夫にも内緒だ。

沢に行く道は、大きな寺を囲む塀に沿って歩き、山と接したところにある細い道に入っていくところから始まる。似たような道が他にも何本かあったが、一本ずつ見ていくと、茂みの中に隠されるように、お墓の卒塔婆（そとば）のような板が土に刺さっているのを見つけた。

その板には消えかけた墨らしきもので、こう書かれていた。

「百……宮　フタマタヲミギ」

「百……宮」は途中に何文字か小さな字が書かれているが、掠(かす)れているので読めなかった。しかし、この道に違いないと陣太郎は確信して、再び足を踏み入れた。

しばらく歩くと、〝フタマタ〟の道があった。と言っても、メインになる道の左側に、その半分以下の幅の道があるだけだ。おそらくこれが沢に続く道だろう。この道を貞夫は左に、陣太郎は右に進んだので、離れ離れになってしまったのだ。

陣太郎は、そのまま右側の道を進んだ。途中で曲がりくねったりもしたものの、枝分かれはしていなかったので、ただ道なりに進めばよかった。

十五分近く歩いて、例のナメクジ地蔵を見つけた。

やがて奇妙な女の人を見た茂みの脇を通り、さらに進んでいくと、突然地面が平らになって、木や茂みのない一角が出てきた。

そこには古びた小さな平屋があり、周りには薪(まき)に使うらしい木の切れ端の山と、適当に作ったような細長い掘立(ほった)て小屋があった。雨風で歪んだ板扉がついているのと、家から距離を取ってあるところを見ると、おそらくは便所だろう。

（こんなところに、家があったなんて……）

この道の入り口らしきところに「百……宮」と書いてあったのを思い出す。見かけは普通の小屋のようだが、これが何とか宮なんだろうか。

陣太郎は、この山の中で、ごくふつうの家に〝何とか寺〟とか〝何とか教本宮〟などの看板がかかっているのを見たことがある。父親に聞いた話によると、大昔にすごい行者（たぶん仙人のようなものだろうと、陣太郎は理解している）がいて、山伏の修行の場として、この山を開いたのだという。戦争の後、天皇陛下が神様であることを辞めてしまってから、その代わりになりたがる人が日本中に生まれていたが、そういう人たちもこの山にたくさん集まってきたのだそうだ。

近づいて見ると、中から入り方の悪いラジオの音が聞こえた。お経でも流しているのかと思ったら、舟木一夫の新しい歌だった。

見回すと、勝手口らしい引き戸の近くに、木でできたゴミ箱らしいものがある。蓋が開いていて中のものが見えたが、上の方に丸めた新聞紙とハンバーグの包み紙があった。包み紙は見えているだけでも三、四枚以上あって、もしかすると貞夫が転んだ時に放り出したものかもしれない。いや、たぶんそうだ。

まわりを見回していると、ふと家の前に立っている木に、奇妙な形の葉があるのに気づく。枝が折れて垂れ下がっているのかと思ったが、近づいて見てみると――。

「これは……蛙や」

そこには干からびかけた蛙が、尖(とが)った枝に刺し貫かれていた。しかも一匹や二匹ではなく、四匹、五匹……いや、十匹以上も。

また、よく見ると蛙ばかりでなく、大きなバッタやイナゴまでいる。干からびたカマキリや毛虫などは、すでに枝に溶け込んでいるかのような色に変わっている。

(これは……何かの鳥が、よくやるヤツや)

ふと、茂みの中で見た女の人の顔を思い出す。生きた蛙を咥えていた女の人は、見かけこそは人間だったが――あの目は無表情な鳥のようだった。

そう思った時、近くの玄関の引き戸が、ガタガタと音を立てて開いた。陣太郎は反射的に逃げようとしたが、足がすくんで動けない。

引き戸の隙間から出てきたのは、まるで胡桃(くるみ)の殻のような深い皺(しわ)を顔いっぱいに刻んだ、白髪(しらが)頭の老婆だった。老婆は皺に埋もれた小さな目を無理やりのように開いて、陣太郎の頭から爪先までを何度も見回した。

「こんなとこに子どもが来るなんて、珍しいな。あんた、誰や」

「あの……僕は山田です」

「どこの山田や」

「山田陣太郎です」

「その陣太郎が、何の用や」

改めて聞かれても困るが、苦し紛れに、どうでもいいようなことを尋ねる。

「あの……ここは神社なんですか」

「まぁ、神社みたいなもんや。これ見てみぃ」

老婆は玄関先に掛かっている板の看板を指差した。相当に年季の入ったもので、書かれている文字はかなり薄くなってしまっているが、かろうじて読めないこともない。『百舌鳥乃宮』とある。

「読めるか？」

「えっと……ひゃくの、したの、とりの」

「アホやな。百の舌の鳥と書いて、モズと読むんや」

「モズ……」

モズという鳥は肉食で、それこそ蛙や虫などを食べるが、秋になると捕まえた生き物を尖った木の枝などに刺しておく習性があるらしい。それを〝早贄(はやにえ)〟と言って、寒くなってエサが少なくなるのに備えているとか、お腹が空いてない時に捕まえたものを、後で食べるつもりで刺しておくのだとか、そうする理由はハッキリしていない。そのくせ、刺しておいたのを忘れてしまうことも多いという。

「もういっぺん聞くけど、何の用なんや」

話が同じところに戻ってきたところで、家の中から、あの声が聞こえた。

「さぁだぁおう。おうい。さぁだぁおう……」

首筋から頬にかけて、ゾクッとしたものが這(は)い上がった。あの女の人が家の中にいるらしい。

「カンコ、静かにし」

老婆はガラガラ声で、家の奥に向かって叫んだ。

その口調には、どことなく優しいものがある。カンコというのは、奇妙な女の人の名前だろうか。

「実は……この間、友だちと沢に行こうとしたんですけど」

陣太郎は気を落ち着けながら、数日前の顚末を簡単に話した。

道を間違えて友だちと離れ離れになったこと、ナメクジ地蔵の近くでピンク色のセーターを着た女の人を見たこと、驚きのあまり二人で逃げ出して、友だちが転んでしまったこと――けれど、捻挫したことは言わなかった。

「それで友だちが、持ってた包みを落としてもうたんです。中にはハンバーグが六個入ってたんですけど」

「それは……勿体ないことしたな」

老婆は気の毒そうに言いはしたが、陣太郎の話を聞きながら、視線をチラチラとゴミ箱の方へ向けている。どうやらウソをついたり、しらばっくれたりするのが下手な人らしい。

陣太郎は心に余裕が出てきたのを感じた。

「でも、あのハンバーグ、すぐには腐らないんです。だから、探しに来てみたんですけど」

そう言いながら老婆の顔を見ると、少しの間を置いて、老婆はばつが悪そうに言った。

「あれは、どっかに落ちてたんをカンコが持って帰ってきたんやけど、ぜんぶ焼いて食べてもうてん。そうやって食べぇって、袋に説明が書いとったし……」

申し訳なさげに言い訳をする老婆を見て、この人は化け物なんかではないと、陣太郎は確信した。

「悪かったなぁ……まぁ、ちょっとお茶でも飲んでいったらどうや」

すっかり柔らかくなった口調で老婆は言った。それから引き戸を開けると、例の女の人が——いや、カンコが、すごい勢いで駆け寄ってきた。

陣太郎は思わず後ずさったが、老婆はいつものことだという顔で、カンコの両肩を後ろに押しやった。

「山で子どもに会うと、たいてい逃げるもんじゃが……」

家の中をのぞくと、奥の部屋の隅にカンコがしゃがみ込むのが見えた。首を小刻みに動かして、しきりに何事かを呟(つぶや)いている。

「まぁ、好きなとこに座りぃな。でも、祭壇にお尻を向けたら、あかんで」

部屋に上がってみると、八畳ほどの空間の前に、二畳分ほどの祭壇が作られていた。華やかな色の吹き流しのようなものが、祭壇の四隅からぶら下げられていて、後ろの壁には艶やかな白い布が貼られている。その上に、奇妙な幾何学模様が描かれていた。

祭壇の真ん中あたりはひときわ高くなっていて、その上には直径十センチくらいの銀色のお盆が二枚、それぞれが翼を広げた鳥を象った台座に載せられて、こちら向きに並べてあった。その前の低くなった段には、お正月に鏡餅を飾るような三方が二つ並んでいる。よく見る白木ではなくて、艶のある黒で塗られているものだ。その上には小さな盃が、それぞれに置いてあった。仏壇に手を合わせる前にチーンと鳴らす道具も、二つ置いてある。

(何の神様をお祀りしてはるんやろ)

そう思った時、部屋の隅にしゃがんだカンコが、いきなり大きな声で叫ぶ。それぞれの腕の手首から先を凄いスピードで動かしているのは、何かの合図なんだろうか。

「おうい。さぁだぁおう。さぁだぁおう。おうい……」

陣太郎は飛び上がりそうになるほど驚いたが、老婆は納得したように頷いた。

「この間からカンコがちょくちょくやってたのは、あんたの声マネやったんか。どこで聞いたんかと思うとったけど、森の中で、あんたと会ったんやな」

やはりあれは陣太郎のマネらしい。自分が貞夫を探している時の声を、どういうわけかマネているのだ。

「さっき見たやろ？　モズは漢字で〝百舌鳥〟って書くんや。他の鳥の鳴きマネがうまいから、昔の人がそういう字をあてたんやな」

「でも、この人は人間やないですか」

陣太郎が引きつった笑いを浮かべながら言うと、老婆は真面目な顔で答えた。

「いや、カンコはモズなんや。人間の姿をしとるけどな」

*

言葉通りにお茶を一杯飲ませてくれると、素っ気ないくらいに帰るように言われたので、陣太郎は腰を上げるしかなかった。

「念のために言うておくけど、ここに来たことは、あんまり人に言わん方がええ。特に家の人には内緒にしとき」

粗末な〝百舌鳥乃宮〟から送り出しながら、老婆は繰り返し言った。

ナメクジ地蔵を越えた先まで行ってしまっただけで親たちに怒られるのだから、もちろん陣太郎は誰かに話そうとは思っていなかった。けれど老婆の方から、そんな風に釘を刺されるのは、少し意外だった。

やはり「少年探偵団」シリーズを読みまくっている身としては、このまま引き下がるわけにはいかない。少なくともあの老婆は化け物でも何でもなく、ただのハンバーグ好きなお婆さんだった。それに、あのカンコという女の人が実はモズだったなんてことが、この世の中にありえるだろうか。

明智小五郎は、怪人二十面相がしでかす悪事のからくりを、いとも簡単に見破ってみせる。

「あれは魔法でもなんでもない。タネも仕かけもある、ちょっとした手品なんですよ」

でも、そのちょっとした手品のタネを、警察はなかなか見抜けない。

百舌鳥乃宮には、絶対に何かある――。

陣太郎は少年探偵団の一員になったような気分で、さらなる調査を決意した。

また次の日曜日、陣太郎は再び百舌鳥乃宮をおとずれた。

「何や、また来たんかいな」

やって来た陣太郎を見て老婆は驚いたが、子どもの陣太郎がお土産(みやげ)を携(たずさ)えてきたことに、さらに目を丸くした。マルシンハンバーグを二つ、町の食料品店で買ってきたのだ。

「これはなかなかえぇもんやな。あんまりおいしいんでビックリしたわ」

ハンバーグで気を許してくれたのか、老婆は前よりも気さくな口調だった。

「ありがたく、もろとくけど……あんた、何が目当てなんや？　こんなとこにわざわざ来ても、面白くも何ともないやろ。まさかカンコに惚(ほ)れたんやないやろな」

言われてみると、胸がドキリと高鳴る。

「まぁ、あんたにはまだ早いかもしれんが、気持ちはわかる。カンコが人間やったら、なかなかのべっぴんやもんな。まつ毛も長いし、目もパッチリしとる」

確かに老婆の言う通りだ。

「でも、それは人間の話やからな。あいにく鳥には、顔の作りは関係ないんや」

そう言いながら、老婆は笑って家の中に入れてくれた。前と同じ祭壇のある部屋だ。

陣太郎は、少年探偵団を気どって、さっそく切り出した。

「おばさんは、カンコさんはモズだって、ずっと言ってはるけど……ウソですよね？　こんな小鳥がおるわけないし。何か秘密があるんやないですか」

老婆は初めて会った時のように、驚いた顔をした。

「あんた……カンコのこと、何も知らんで」

「おばさんが前に、ここに来たことは、家の人に言うなって言うてたやないですか。そん時から、何でかなって思うてたんです」

老婆はうつむき、やがて、しみじみとした口調になって言った。

「考えてみれば、戦争が終わってから、もう二十年近くが経っとるんや。何も知らん人が増えても当たり前やな。時が経つのは、ほんに早いのう」

陣太郎も戦争のことは、ほとんど何も知らない。ただ、親と一緒に山を下りて賑（にぎ）やかな町に行けば、戦争でケガをしたという人たちの姿を、たまに見ることがある。中にはアコーディオンやギターを弾いて、募金を集めたりしている人たちもいる。

そういう人たちを見るたび、陣太郎は可哀想と思う気持ちが半分、怖い気持ちが半分だったが、もしかするとカンコも、戦争のケガか何かが原因で、あんなふうになってしまったのだろうか。

祭壇の前で陣太郎と向かい合わせに座ると、前のようにお茶を出してくれた後、老婆は言った。

「わしの名前はキワじゃ。戦争が始まる前から、ここで宮司(ぐうじ)をやっとる。昔は少しは知れた名じゃったが、今はどうかのう」

きっと宮司という肩書きは偉いのだろうが、こんな小さな宮でも、そうなのだろうか。

「看板が出とる通り、ここは百舌鳥乃宮という宮や」

「モズの神様を祀ってはるんですか?」

「そうとも言えるけど……まぁ、ちょっと違うか」

ためらいを振り切るように、老婆は顔を上げて。

「ここは〝十六夜詣(いざよいもうで)〟をするところや」

「いざよいもうで……あの、それ何です？」

「十六夜は、昔の暦で十六日の夜のことや。十五夜って聞いたことあるやろ。昔の暦やと、十五日の夜は満月なんや」

その満月の次の日が、十六夜ということになる。

「十六夜詣っていうのはな、この宮で神さんにお祈りして、魂を別のものの魂と取り替えてしまうことや」

部屋の隅にしゃがんでいたカンコがパチリと目を開けて、こちらを見つめた。

キワはカンコに目をやって、うんうんと頷きながら、静かに語りだした。

＊

あんたは、この山のあちこちに、小さい寺だの宮だのが、ぎょうさんあるのを知っとるか。

ケーブルカーのところに立派な寺があるけど、その他にも、小さいのんがポチポチあるわな。何で、そんなに集まってるかって言うとな、この山がもともと、役行者（えんのぎょうじゃ）とおっしゃる立派な方が修行されてたところやからや。

役行者さまは、奈良時代より前に生きてらした方や。ほんまにすごい行者さまでな、鬼を何匹も手下にしたり、空を飛んだり、海の上を歩いたりしたらしいわ。

何を笑っとんねん。

最近の人間は、信じられんもんは何でもウソやって決めてまう。でもな、ウソとしか思えんようなことも、ほんまにあるもんは、どうしたってあるんや。

昔は言葉だけで人の命を奪ってしまうような人もおった。女の人ばっかりやったから、送（おく）りん婆（ばあ）って呼ばれとったけど、その人らが秘伝の文章みたいなんを読んで聞かせると、それを聞いた人はコロリと死んでまう……何でも言霊（ことだま）っちゅうのを使（つこ）うてるらしいけど、詳しいことは、わしにもわからん。

わしがやるのは、そんな怖いもんやあらへん。人とモズの魂を、少しの間だけ取り替えるだけや。

祭壇の上に、お盆みたいなんが二つ並んどるやろ？　あれはお盆やなくて、御神鏡（ごしんきょう）や。

あの二つを並べておいてな、片方に人の姿を映して、もう一つの方にモズの姿を映すんや。そうしておいて、ふたつのおりんを同時に何べんも同時に叩くとな、御神鏡の間に音の道ができて、そこを通って、魂が入れ替わるんや。もちろん音の道は、普通の人には見えんやろうけど、わしには見えるんやで。

それで……昭和二十年の六月のことやった。

この山に別荘を持っとった金持ちの家の娘さんが一人でここにやって来て、わしに十六夜詣のことを聞いてきよった。

翠（みどり）っていう名前でな、その時は十五歳って言うとったな。頭のよさそうな顔をした、品のある娘さんや。

「人に聞いた話だと、何でもおばさんは、小鳥の魂と人の魂を取り替えっこできるそうですけど、ほんまですか」

そんな風に、真（ま）っ直（す）ぐに聞かれたわ。

うるさいことを言うとな、魂と霊と心は、みんな同じようなもんに思うてる人が多いけど、実はみんな違うもんや。簡単に言うと、霊は皿に載った料理で、心はその匂いや。で、魂は、その匂いを嗅ぐ人……みたいなもんなんや。

何でいきなり別の人が出てくんのか、わからんやろうけど、その辺のことは、あんたが大きくなった時、わしがまだ生きとったら教えたるわ。

難しいことは置いといて、早い話、十六夜誯は自分の中身を、誰かと丸ごと取り替えっこすることやと思えばええ。心も霊も魂も、全部いっぺんにや。

もちろん、簡単なことやない。何よりとても危ないことや。場合によっては、元に戻れへんこともあるし、死んでまうことかてあるんや。

そこまで話すと、そのお嬢さんは、やっぱり言いよった。

「どうにか一時間か二時間だけ、モズと魂を取り替えることは、でけへんでしょうか」ってな。

その翠が言うには、何でも自分の好いた人が兵隊に行ったんやけど、その人のいる部隊が、二、三日後に大阪港から船でどっかの島に行くらしいって、聞きつけてきたんや。それで、何としてでも顔が見たいと、思い詰めてもうたんやな。

確かに、この山の上からは平野が見渡せるし、港も見える。空が飛べる鳥になったら、ほんまにあっという間に、その人に会いに行けるやろ。

その頃、日本の軍隊は負け続けでな。そんな時に南の島に行くっちゅうたら、はっきり言うて、死にに行くようなもんなんや。ほんまやったら、翠も何も知らん方が良かったんやろ。でも、知ってもうたら、会いに行かんわけにはいかん。その時の翠は、まだ十五歳やったんやから。

もちろん、わしは端から断った。小鳥と魂を取り替えることがどんなに危ないことか、何遍も何遍も言うた。

魂を取り替えても、それで死ぬことはあらへん。わしは、そんな下手は打たん。でも、他の鳥だの猫だのに襲われでもしたら、無事では済まんで。たとえ中身が人でも、モズはモズやからな。体が死んでもうたら、心も死ぬ——当たり前の話や。

でも翠は、絶対に折れようとせんかった。「大阪港なんて、もう見えるくらいに近いんですもの、絶対に大丈夫です」って言いはるばっかりや。

確かに港まで飛んでいって、好きな人の姿を一目見て帰ってくるのに、そう大した時間はかからんやろ。行きも帰りも、無事に済めばな。

その頃はわしも、まだ六十前や。好いた男を思う気持ちもわからんでもなかったし、もう二度と、その人に会えへんかもしれん翠が、哀れに思えてもうた。サッと行って、サッと帰ってこられるんやったら、大丈夫やないかって思ってもうた。それなら、何の役に立つかわからんような力も、ちゃんと意味があるものになるとも思ったんや。

でも、ほんまに翠のことを思うんやったら、絶対に断らなあかんかったな……。

十六夜は、それから二日後やった。

その前に、わしは近くの木の枝によく来るモズの中から、翠に体を貸すやつを探した。それで選んだのがカンコや。

モズは小鳥の中でも気性の荒い方やけど、特にカンコは群を抜いとった。それやのに、わしが外に出ると飛んでくるくらいに、わしのことを覚えとった。モズは滅多に人に馴れんとも言われとるのに、珍しい子や。

十六夜の夜に、わしはカンコと翠を入れ替える術をやったった。この祭壇の前でや。

自分で言うのも偉そうやが、いまさら術にしくじることはない。いつものように、翠はカンコの中に、カンコは翠の中に入りよった。

翠の入ったカンコは、しばらくは祭壇の上をチョコチョコ歩くばっかりやったが、少しずつ飛ぶ稽古（けいこ）を始めて、夜が明ける頃には、この部屋の中を自由に飛び回れるようになっとった。

それは、まだ人の形をしているうちに、わしが言い含めておいたことや。羽の動かし方をよう稽古して、思い通りに飛べるようになるまで、外に出たらあかんとな。

すっかり夜が明けてから、翠のカンコはわしの肩に乗って、うるさく鳴き始めよった。もう大丈夫やから、行かせてくれと言うてたんやろうな。

わしは手のひらに乗せて外に連れ出して、放してやった。そしたら、明けたばかりの空に飛びあがってな、まっすぐに、まっすぐに、港に向かって飛んでいったわ。

好いた人に、無事に会えたらえぇなって、わしも祈ってやったんやが……。

それから夕方になっても、翠の入ったカンコは戻ってこんかった。夜目（よめ）が利かんようになる前に帰ってくるように、口を酸っぱくして言うといたんやけどな。

神様を拝みながら待ったけど、次の日の朝になっても帰ってこんのや。たぶん、カラスだのチョウゲンボウだのにやられたんやろ。いくら気の荒いモズでも、そんな連中に狙われたらひとたまりもないからな。

翠が好いた人に会えたかどうかも、わからん。せめて最後に姿が見られとったらええなと、わしかて思うわ。翠の好いた人がいた部隊は、南の島で玉砕(ぎょくさい)したって話やからな。

しかし翠は自分が決めた道やから、死んでもうてもしゃあない。その道を選んだのは、翠自身や。若い娘やからって思うのは、ただのお情けや。

わしはな、人間の姿になってもうたカンコを見て、つくづく申し訳ないことをしたと思うとる。

カンコはもう空も飛べへんし、卵を産むこともでけへん。何もでけへんまま、元の小鳥よりも、ずっと長う生きなあかんことになってもうた。

こんなふうにしてもうたんは、わしや。わしが翠に情けをかけたばっかりに、カンコをこんな風にしてもうた。

だから、わしが生きてるうちは、ちゃんと面倒を見てやらなあかんのや。

わしが生きてるうちは……な。

＊

陣太郎はひと言も口をはさまず、キワの話に聞き入っていた。

ふと気がつくと、もともと薄暗かった部屋がさらに暗くなって、このまま闇に沈んでいくように思えた。キワは大儀そうに立ち上がり、天井の裸電球をつける。

「戦争が終わって世の中が変わった時、翠の家族は、すっからかんになってもうてな。もう別荘どころやのうなって、一家散り散りや。今はどうなってるか、全然わからん。でも、翠のお兄さんっちゅう人が、まだ鶴橋の方で生きとってな。時々やってきて、お金を置いてくわ。いつか何かの拍子に、妹の魂が体に帰って来るかもしれんって、信じとるみたいなんや。そのおかげで、わしらは暮らしていけるんやけど……」

奥の座敷には、畳にうずくまったカンコが、ぼんやり虚空を見つめている。

長いまつ毛に縁どられた大きな目。赤らんでいる頰。小さく開かれた唇。

まるで少女のような美しさだ。

陣太郎は、内心で帰り道の心配をしつつも、なかなか腰をあげることができなかった。できることならカンコと話がしてみたかった。モズの姿をしていた頃、どんな気分で空を飛んでいたのか。どこまで高く飛んでみたことがあるのか。空から見る人間の町は、どんなふうに見えたのか——そんなことを聞いてみたかった。

やがてキワが立ち上がり、曇りガラスの窓を開けた。

外には葉の色がくすみかけた木々が立ち並び、薄墨色の空がまだらに広がっている。やがてザワザワという音とともに、秋の風が小さく吹き込んで、天井からぶら下がっている裸電球を揺らした。部屋の中にあるものの影が、生き物のように蠢く。

「これで気が済んだやろ。昔から近くに住んでる人らは、誰でも知ってる話や。あんたは、もう、ここへは来ん方がええ。人に知られたら変に思われるで」

キワは話を締めくくるように言い、戸口へ目をやった。

麓に下りると、陣太郎はその足で貞夫の家を訪ねた。

一緒に山に入った貞夫なら、キワの話を信じてくれるのではないだろうか。それとも怖がって耳をふさいでしまうだろうか。様々な思いが陣太郎の頭を巡っていた。

日曜の夕方に突然やってきた陣太郎を見て、お母さんは驚いた様子だったが、すぐに貞夫を呼んでくれた。

「陣兄ちゃん、来てくれたん。もう足は大丈夫や。歩いて学校にも行っとるし」

表に呼び出すと、貞夫はいつものように明るい声で言った。

陣太郎は、真剣な表情を作って貞夫に顔を近づけた。

「ええか、貞夫。これから大事な話をするで。山の中で会ったピンクの女の人のことや」

「ああ、翠さんのことかいな」

陣太郎は耳を疑った。足のケガでしばらく休んでいた貞夫が、翠やカンコの話を知っているはずはないのに。

「翠って……おまえ、それを誰から聞いたんや」

「輝美（てるみ）姉ちゃんや。何でも昔、寺の向こう側に大きな別荘を持ってるお金持ちがおって、家族でよう遊びに来てたんやて。翠さんはその家のいちばん下の娘さんらしいわ。うちのお母ちゃんも年が近うて、昔は一緒に遊んだことがあるって」

「そうなんか」

「足のケガで休んどった時、お姉ちゃんから聞かれて、山の中で陣兄ちゃんが化け物に会ったことを、つい話してしもうたんや。そしたらお姉ちゃんが笑って、そら翠さんやわ、ゆうて……」

「お母さんは、何て言うてるんや」

「姉ちゃんが、お母さんには言わんときって言うたから、話してへん。でもな、翠さんはとてもかわいそうな人で、好きな人が戦争で死んでから、口が利けんようになってしまったんやて。家族もおらんようになって、仕方なく山で暮らしてるんやて」

無邪気にしゃべり続ける貞夫を、陣太郎は心底うとましく思った。できれば聞かずにおきたい話だった。

輝美姉さんの話は、たぶん本当だろう。そんな作り話を貞夫にする理由が見当たらない。大人たちが、ナメクジ地蔵の先へ行ってはいけないとうるさく言うのも、何となくわかる。

〝さわらぬ神に祟りなし〟――いつか学校で教わったことわざのとおりだ。

キワの話はどうだろう。キワが自分に、あんな作り話をする理由があるだろうか……。

黙り込んでいる陣太郎に、ただならぬ気配を察したのか、貞夫が小さな声で遠慮がちに言った。

「気の毒な人やから、そっとしといてやらな、あかんのやて……」

陣太郎はうなだれて、もうそれ以上、何も考えられなかった。

そして、たった今聞いてきたキワの話は、誰にもしゃべらないでおこうと思った。

*

東京オリンピックから数年後、今度は大阪の千里(せんり)で万国博覧会が開催された。その話題で日本中が沸いている頃、陣太郎は中学二年生になっていた。

冬のある晩、仕事から帰ってきた父親が部屋に入るやいなや、大きな声で「えらいこっちゃで」と、問わず語りにしゃべりだした。つい先ほど、山で翠の遺体が見つかったのだという。

あの小さな家の中で、キワが亡くなっているのが先に見つかり、翠の行方を探していたところ、今日になって沢のずっと奥の方で発見されたらしい。訪れる者のない山中のことで、亡くなってから一週間ほどが経っていたという。

「なんや、警察が総出で山に入って、大騒ぎやったらしいわ。殺されたんやないかいうて……あんな神社で、盗(と)られるもんもないはずやのにな」

「気の毒やねえ……こんな寒い時に」

事件について両親があれこれ話すのを、陣太郎は背中越しに聞いていた。

父親がまるで自分の手柄(てがら)話のようにしゃべるのには辟易(へきえき)したが、母親が本当に気の毒そうにしていたのが救いだった。

翠の好きだった人が実は生きていたとか、翠のお兄さんがキワに大金を渡して面倒をみてもらっていたとか、職場で聞きかじった話を、父親は自慢気に並べ立てていた。

「思えば、かわいそうな人らやったなぁ……」

そんな父親の言葉でさえ、陣太郎には嘘くさく聞こえた。

次の日、学校へ行くと、友人たちは事件の噂でもちきりだった。だが、話していることは父親のそれと変わらなかった。盛り上がっていたのも数日のことで、やがて誰も、キワや翠の話はしなくなった。

かなり後になって聞いた話では、キワと翠の死因に事件性はなく、キワは老衰で亡くなり、一人では生きていけない翠が、沢へさまよい歩くうちに凍え死んだのだろう……ということだった。

カンコのことは、誰も知らない。知っているのは自分とキワだけだ。

*

雨の夜——閉店後のお好み焼き屋『みよし』で、二人の男が鉄板を挟んで向き合っていた。

「陣兄、いつになったら、俺の焼いたお好みを食べてくれますのん」

「しゃあないやんか……俺、粉もん苦手なんや」

「大阪人がそれでええんか？」

「どこの人でも、苦手なもんは苦手やろ。カレーの苦手なインド人も、きっとおるで」

そう言って口を尖らせたのは、近くで産業車両部品製造の会社を営む山田陣太郎で、その向かいで大きなコテを手にしているのは、店主の三好(みよし)貞夫だ。それぞれに歳を経ているが、面影(おもかげ)は昔のままだ。

「そやから、こんなん焼かんとあかんのやな」

そう言いながら貞夫が鉄板の上に並べたのは、マルシンハンバーグ。

「今でも売ってるって、すごいことやな」

「発売されてから、六十年は経っとるらしいで」

「どんだけ愛されとるんや」

火が通ったところで貞夫が大きなコテを突き立てて、手ごろな大きさに切り分ける。

「でも、陣兄、これ食べると、やっぱり思い出すわな。子どもの頃のこと」

「まぁ、そうやな」

「今頃、あの辺はどうなってるんかな」

「あの辺って、どこや」

「ナメクジ地蔵の、そのまた奥の」

「あぁ……お母ちゃんが死んだ時に実家帰って、ついでに様子見に行ったのが最後やけど、その時には、もうお宮さんとかなくなってて、全部が草むらやったで」

陣太郎は熱々のハンバーグを口の中で転がしながら言う。

カンコも、このハンバーグが大好きだった。何より、知り合ったきっかけがハンバーグだった。

「陣兄、まだ、いろいろ考えてはるん？」

陣太郎が黙り込んでいると、貞夫が笑って言った。

「あんまり考えすぎると、ハゲまっせ」

「ほっとけや。とりあえず、まだ無事やから」

陣太郎は還暦を超えた今でも、キワの話を信じている。

この世に起こりようのないことだとわかってはいても、あれが作り話だったとは、どうしても思えないのだ。若い頃には明智小五郎ばりに、いくつかの仮説を立ててみたりもしたが、仮説は仮説にすぎない。真実はどうにも調べようがない。

「そういえばなぁ、キワさんが言うとったけど、人間の魂と霊と心ってのは、みんな同じようなものやと思うてるけど、ほんまは違うらしいで」

「まーた、陣兄の理屈こねが始まったわ。どう違いますのや」

「何かな、霊は料理で、心はその匂いらしいわ。で、魂はその匂いを嗅ぐ人やて」

「意味わからんわ。何でいきなり、別の人が出てきますんや」

「そら、キワさんに聞いて」

二人は顔を見合わせて笑った。

陣太郎は鉄板のハンバーグに箸をのばしながら、カンコのつぶらな瞳を思い浮かべる。

あれは確かに、モズの目だった。

アネキ台風

1

東大阪の近鉄某駅から線路沿いの道を原付バイクで走ると、三分ほどで山田(やまだ)製作所の古びた社屋が見えてくる。

主にフォークリフトなどの産業車両部品を製造しているが、鋼材切断、溶接の技術には定評があり、他にも機械加工やプレス、機械開発設計なども手掛けている。社員数は三十数名というところだが、溶接ロボットや自動切断機などの新型設備を導入しているばかりか、昔ながらの職人たちが集まってもいて、技術では大手にも引けを取らない会社だ。

昼食を終えたばかりらしく、作業場の入り口脇に作られた喫煙スペースに、何人かの社員たちが屯していた。その中には弟のハジメの姿もある。

塚口香織は原付バイクを大きくカーブさせて、休憩している社員たちの前を掠めていき、ついでに手を振っていく。とりあえず愛想を振りまいておくのが、保険外交員としての流儀だ。

「みんな〜！　元気しとる〜？」

「おっ、ハジメの姉ちゃんや」

陽気な先輩の正太が、大げさなくらいに手を振り返す。それを見た香織は投げキッスまでサービスするが、弟のハジメは「しょうもないことすな」と呟きながら、ウンザリ顔。

やがて香織は事務所脇に原付バイクを止め、書類バッグを手にして、喫煙スペースに寄り道する。

「やー、やっぱり春は、ええねぇ。何ちゅうか、風にも花の匂いが溶け込んどるって感じやわ」

そんなホッコリするようなことを言いながら歩いていたのに、弟のすぐ前に立つとガラりと変わって。

「久しぶりやな、ドンくさボーイ東大阪代表！　元気にしとるか」

「久しぶりって何や。この間、フミ子さんの結婚式で会(お)うたばっかりやろ」

「アホ、家族は一日会わんかったら、久しぶりなんや」

その落差の大きさに、正太たちが笑う。

「いやぁ、ハジメの姉ちゃんのアネキ風、今日もビュンビュンやな」

「ホンマ、もうカンベンして欲しいですわ」

ハジメは心底ウンザリした顔で言った。

そんな弟たちの会話に耳も貸さず、香織はさらに風を吹かせる。

「ちゃんとゴハン食べてんのか」

「食べてるわ。うるさいのう」

「姉ちゃんが弟の心配するんは、当たり前やろが。がんばりどころなんやろ、今が」

ハジメは中学くらいの頃から音楽にハマり、友だちと誰かのコピーバンドらしきものをやっていたが、二十歳を前にしてオリジナルバンドを立ち上げ、心斎橋(しんさいばし)や梅田(うめだ)のライブハウスのステージに立っていた。『エクスクレモン・デ・シアン』（フランス語で〝犬のふん〟という意味らしい）いうビジュアル系バンドでギターを弾いているのだが、姉の目から見ても、そこそこ上手でカッコよく、「こりゃあ、もしかするとイケるんちゃうか」と思えるほどだ。〝ファジー〟という愛称で呼ばれながら激しくギターを演奏している弟を見て、本名が普通に〝塚口始〟だとは、誰も思うまい。

特に秋には心斎橋のあるライブハウスが、いくつかのビジュ系バンドを集めたハロウィーン・フェスティバルを企画しているらしい。大きくはないが名の通ったライブハウスで、そこに声をかけられるのは、ビジュ系バンドをやっている人間にとっては大きなチャンスなのだそうだ。

「あんたは放っといたら、うどんばっかり食べよるからな。心配してもろてるんやから、せいぜいありがたく思えや。ねぇ、文治さん」

巻き込まれた年かさの社員が、苦笑しながら頷く。

「恥ずかしいから、文治さん巻き込むの、やめぇや……今日は何しに来たんや」

「そやそや、今、社長さん、おる？」

「あぁ、事務所におるよ」

「トシさんは？」

「たぶん食堂で昼食べとると思うけど、姉ちゃんには関係ないやろ」

「大アリや。トシさんは、うちのビタミンやから」

この製作所に十代の頃から勤めている〝トシさん〟こと加藤俊樹（かとうとしき）は、肩書こそ製造部副部長ということになってはいるが、実質的には山田製作所を支えるトップの一人と言えた。先日、妹のフミ子さんが盛大に結婚式をあげたばかりだが、当人はまだ独身だ。

「じゃ、後でな」

その場のみんなに頭を下げ、事務所の方に向かっていくが、途中で原付バイクのバックミラーで髪と化粧をチェックする。その後、スーツの前ボタンを閉めた。

（ん？　ちょっとばかし、お肉がついたかな）

ボタンはかけられたものの、ちょっと息を抜いたら弾けてしまいそうな気配だ。

結婚式に呼ばれたのはいいけれど、ちょっと食べすぎたのがいけなかったかもしれない。

いや、過ごしたのはアルコールの方か。

事務所に入ると、社長の山田さんがデスクでとんかつ弁当を食べていた。

一代でこの会社を作り上げた人で、とうに還暦は過ぎているけれど、まだ社長の肩書きで頑張っている。息子さんが修行として別の大手会社で働いている最中で、この会社を任せられるようになるまで、社長を続けるつもりらしい。

「社長、この間の新しい特約の契約、しに来ましたわ」

「おぉ、ハジメの姉さんか。ご苦労はん」

ハジメが高校を卒業してこの会社に入り、その縁で香織も、保険外交員として出入りさせてもらうようになった。つまりは〝ハジメありき〟の付き合いのせいか、社長からはいつも〝ハジメの姉さん〟と呼ばれる。名前や名字で呼ばれることはまずないが、そっちの呼び名の方が身内っぽくて、不思議と嬉しかったりする。

「今日のうちに、ちゃっちゃとやってまうつもりなんですけど、ええですか」

「おう、ちゃっちゃとやろか。なぁ、ちょっと来て」

社長はデスクで事務仕事をしていた奥さんを呼んで、隣の席に座らせた。

先日、夫婦揃って保険を更新したのだが、その時に新しくできた特約をつけることになったので、改めて手続きしにきたのだ。もちろん今はタブレットで全てやってしまうので、書類を何枚も書いてもらうことも、印鑑を用意してもらう必要もない。

「いやぁ、この変なペンにだけは慣れんなぁ」

社長にタブレット用のスタイラスペンで画面にサインしてもらって、十五分もかからないうちに全て終了だ。

その後、出してもらったお茶を飲みながら、十分ほど社長夫妻と話をした。どうしても少し前のフミ子さんの結婚式の話題になるが、こういう流れになると、必ず……。

「そういえば、お姉さんはいくつになったんやっけ」

社長の奥さんの典子（のりこ）さんに聞かれたが、これで何度目か、数えたこともない。

「うちは二十九ですわ。もうすぐ、大台に乗りますねん」

「そうかぁ。誰か、ええ人おらんの」

「まぁ、ぼちぼちでんな」

香織が答えると、社長が口を挟んでくれる。

「典ちゃん、今はそういうことを聞くのは、ようないんやで。セクハラの仲間らしいわ」

「あ、そうか。厳しい世の中やね。お姉さん、堪忍やで」

「いやいや、ええんです。まぁ、うちもフミ子さんみたいな式を、そのうちブッ放しますよって」

「結婚式ってブッ放すもんかいな」

軽い笑いが取れたところで、香織は社長夫妻に挨拶して事務所を出た。ついでに工場の入り口を覗くと、トシさんが取引き業者と立ったまま話していた。邪魔しないように会釈だけして行こうとすると、向こうの方が声をかけてくる。

「香織ちゃん、この間は、ありがとうな」

妹の結婚式に来てくれて……という意味なのだろうが、この会社で香織を〝ハジメの姉ちゃん〟と呼ばないのは、この人だけだ。トシさんに限って言えば、そっちの呼ばれ方の方が嬉しい。しかも、いい男――くぅ、たまらん。

改めて頭を下げて、トシさんのそばから離れる。そのまま外に出てバイクに乗ろうとしたが、一服つけたくなって、誰もいなくなっている喫煙スペースに行った。

（いやぁ、ほんまに春やな）

電子タバコを加熱して吸い込み、ふぅと吹き出しながら思った。製作所の斜向かいにある公園には、豪勢にツツジが咲いている。

その脇の道を、小学生たちが一列になって歩いていくのが見えた。学帽に黄色いワッペンをつけているのは、今年入学した一年生だ。あのワッペンをつけていると、学校の行き帰りに交通事故なんかにあっても、少しばかりの補償が出るのだ。

（みんな、ちゃんと気ぃつけて、帰るんやで）

そう思ったところで、正太が顔を出した。自分が一人でタバコを吸っていたのが見えたのだろう。

「何や、ハジメの姉ちゃん、まだおったんか」

「すんません、ちょっと一服さしてもらってました」

「何服でもしたらええがな」

「いやいや、皆さん働いてはるのに、目障りになったらあかんし」

香織は終わったタバコを吸いがら入れに入れ、バイクに乗る。

「ほんじゃ、また」

その言葉を残して、香織は原付バイクをスタートさせた。ちゃんと一時停止して左右を確認したあと、製作所の前の道に出たが——青信号を直進しようとしたところで、横から信号無視の自転車が猛スピードで飛び出してきた。どういうわけか最近の自転車は、信号は無視するわ、歩道も車道もスピード出しまくって走るわ、おまけにスマホは見てるわ、イヤホンを耳に突っ込んでるわで、とにかく自由気ままに走っているヤツが多い。

「あっ」

思わず香織が声を出した瞬間、バイクが横滑りした。

2

それから数時間後、香織は左足を吊(つ)った姿で、病室のベッドに横たわっていた。さめざめと泣きながら、涙をハンドタオルで忙しく拭(ぬぐ)っている。

「香織、そんなに痛いんか？　先生呼んで、痛み止めとか打ってもらおか？」

心配そうに言ったのは、ハジメからの連絡を受けて、パート先から駆けつけてきたお母ちゃんだ。

「ううん、大丈夫……さっき打ってもらったのが、まだ効いとるみたいやし」

「じゃあ、何で、そんなに泣いてるんよ」

「そりゃあ、お母ちゃん、いきなり入院ってことになって、仕事の予定がメチャメチャになってもうたからやろ。何せ姉ちゃんは、保険屋としては一流やからな。何週間も先まで、予定が入っとったんや。その人らに申し訳ないっちゅう気持ちにもなるわな」

そう言ったのはハジメだが、明らかに目が笑っている。

「でも、骨折したんやから、しょうがないやん。お客さんかて、わかってくれはるわ」

お母ちゃんが気の毒そうに言った時、小さなトートバッグの中で携帯が震えた。どうやらお父ちゃんかららしい。

「下に着いたんかな。ちょっと廊下で受けてくるわ」

お父ちゃんも仕事帰りにやって来ることになっているから、きっと病院に着いたのだろう。お母ちゃんは同室の入院患者に気を使って、慌てて部屋を出て行った。

「それにしても、思いがけんことって、あるもんやなぁ。保険の大事さが、ようわかったで。それを仕事にしとる姉ちゃんは、ほんまにたいしたもんや」

「もう、やめてや……今は誰に何を言われても、あかんわ」

香織を元気づけるつもりで言った言葉を封じられたのが気にくわなかったのか、ハジメは小さい声で、ホントのことを呟く。

「まぁ、そら、ズボンのおケツが破れてパンツ丸出しになったところを、こともあろうにトシさんに見られたんやもんなぁ……へこんでも無理ないわ」

猛スピードで飛び出して来た自転車を避けるために、香織は強引に原付バイクの車体を傾けた。しかしバイクの方もそれなりにスピードが出ていたため、そのまま横に滑って転倒しそうになる。そこで香織は反射的に左足を出して車体を支えようとしたのだが——結果的にバイクは横倒しになり、差し出していた左足の骨をポッキリやってしまったのだ。

それだけでも十分に気の毒な話だが、今日の香織は、かなりタイトなパンツスーツだったので、別の悲劇も起こっていた。倒れそうな車体を支えようと強引に足を広げたのが原因なのか、パンツのお尻の縫い合わせ部分が、大きく裂けてしまったのだ。

その破け目から真っ赤な下着が全開になって、急いで助けに来た山田製作所の男たちの視線を集めてしまったらしい。もちろん、その中には憧れのトシさんも入っていたので、踏んだり蹴ったりとしか言いようがない。

「香織、大丈夫か」

やがてお母ちゃんに連れられて、スーツ姿のお父ちゃんが病室に入ってきた。今は某書店の販売統括部で働いているが、かつては大手の塾の講師なんかもやっていたし、その前はペットショップで熱帯魚を売ったりしていた時もあるから、けっこう職を転々としている方だろう。

「骨折やってな」

「それが、ひどい話なんや」

事故を頭から見ていた正太から聞いた様子をハジメが説明すると、お父ちゃんは大げさなくらいに頷いて、いちいち「何や、それ」とか「メッチャ頭くるわ」と反応していた。

「それで、信号無視した自転車のヤツは、どうなったんや」

「先輩の正太さんが捕まえてくれたんやけど、ただの事故扱いになりそうなんや。そうなると、姉ちゃんの方にも何十パーセントかは非があるってことになってまうって」

「そら、そうかもしれんな。何せ香織は原付バイクや。世の中、エンジンついてる方が不利なもんや」

「でも、猛スピードで信号無視したのは、向こうなんやで」

「ハジメがそう言いたなるのもわかるけど、世間には法律っちゅうもんがあるからな。簡単にはいかんのや……そやから、どんなことでもルールは守らんとな」

正直、お父ちゃんがそんなことを言うと、「あんたが言うなや」という気持ちになってしまうが、もちろん口には出さない。

「世の中っちゅうのは、面倒くさいもんやなぁ」

ハジメはそう呟くと、ベッドの上の香織、その様子をベッドサイドに立って見ているお父ちゃんとお母ちゃんの顔を順番に眺め、やがて笑いながら言う。

「そういえば、みんなが揃うたのって、お正月以来やな」

高校を卒業して山田製作所に入ったのを機会に、ハジメは両親と住んでいた家を出て、アパートで独り暮らしを始めた。別に実家住みを続けてもよかったが（その方が、経済的でもある）、ハジメはバンド活動に力を入れていたので、何かと便利なことが多かったからだ。

それ以上に、お父ちゃんが「若いうちに一度は家を出ろ。ずっと実家で過ごしてると、ふやけた人間になるぞ」と言ったのが大きい。それに加えて、「子ども二人がそこそこ育ったんやから、そろそろお母ちゃんを、お父ちゃんに返してくれや」と眉尻を下げて言われた日には、「いつまで新婚気分キープしとんねん」と言いたくなるではないか。

お母ちゃんは、初めのうちこそハジメが出ていくのを渋っていたが、今では街のパン屋でのパートに力を入れていて、毎日嬉々としてパンを作っている。確かに子どもが独り立ちするのは、親にとっても悪いことではないようだ。

もっとも香織は、短大を卒業したあと、化粧品の販売会社に就職して、ひと足早く家を出て独り暮らしを始めていた。けれど、その会社は二年もしないうちに潰れてしまい、あちこちを転々とした後、三年くらい前に保険の外交員を始めて、あっという間に稼ぎ頭になった。おそらく向いていたのだろう。

そんなふうなので、家族四人が集まる機会は減ったが、揃ったら揃ったで、すぐに昔のような仲良しモードになる。家族仲は、昔からとてもよかったのだ。

やがて緩んだ空気の中で、横になった香織のヘッドボードにつけられている名札に『塚口香織様　29歳　血液型O＋』と書かれているのを見て、何の気もなしにハジメが「へぇ、姉ちゃんはO型なんか」と呟いた。

いきなり、場の空気が張り詰める。両親も香織も思わず息を止めてしまうほど、驚き方があからさまだったからだ。

「ん？　何でみんな、そんなにビックリしてんの」

「いや、別にビックリなんかしとらんよ。うちは今、ちょっと足が痛くなってきてなぁ」

「俺らも、別にビックリなんかせんかったよ。あえて言えば、腹減ったかな」

お父ちゃんが何でもないように言って、うまく誤魔化(ごまか)せたような、そうでもないような。

「今日は夕飯作るのも大変やろ。たまにはみんなで、どっかで食べて帰ったら」

「おう、そうするか」

香織の言葉にお父ちゃんが乗って、お母ちゃんも頷く。

「じゃあ、俺、その前にトイレ行ってくるわ」

そう言ったハジメが病室を出て行くのを見届けて、香織はベッドサイドに両親を呼んで、声を潜めた。

「あかん、ウッカリしたわ。あの子、今頃スマホでネット見てるで、きっと」

「いや、そこまでは気が回っとらんやろ」

「お父ちゃん、ハジメを舐めたらあかんよ……うちの血液型のことでみんなが慌てたんやったら、何かあるかもしれんって気づく子やで、あれは」

さらに一段、声が小さくなる。

「お父ちゃんはB型で、お母ちゃんはＡＢ型や。この組み合わせでは、O型は生まれてこんちゅうのは、前にも言うた通りや」

横になったまま、香織が口早に説明する。

「じゃあ、何型やったら、ええんや」

「A型とB型やったら、オールＯＫや。うちのO型もハジメのＡＢ型も、どれが生まれても問題あらへん」

「じゃあ、うちがA型って言うとけば、ええんやね」

お母ちゃんが声を潜めて言った。

「うん。それなら問題ないわ」

ちょうど示し合わせが終わったところで、ハジメが病室に戻ってくる。かと思えば、前振りも何もなく、いきなりブッ込んで来た。

「ところで、お父ちゃんとお母ちゃんの血液型って、何型やったっけ」

こいつも、わかりやすいと言えば、わかりやすい。

「あー、俺はB型で、お母ちゃんはA型や」

お父ちゃんの言い方の、下手なことと言ったら。これじゃブッ込んでるのと同じだ。

けれど——いつまでも、黙っていられるわけでもないだろうな……と、香織は思った。

自分とハジメは半分しか血が繫（つな）がっていないことや、もう一人お姉さんがいることを、いつまでも隠しておけるとも思えない。ただ、それを知ることで、ハジメの中の何かが変わってしまうことが怖くもあった。

3

部位にもよるが、足の骨折は一カ月以上入院することが多い。

吊った状態で過ごす期間も長いので、なるべく見舞いに来てくれない方が助かると、香織は思っていた。しかし、それでも会社の同僚や、仲のいいお客さんが顔を出したりしてくれたりするから、完全にノンビリすることもできない。

こういう時に頼りになるのは、やはり家族だ。

特にお母ちゃんはパートの出勤日を減らしてまで来てくれて、香織ができないことに手を貸してくれるので、とても助かる。

「して欲しいことがあったら、何でも言うんやで。欲しいものがあったら、それも言うんやで。お母ちゃん、何でもしたるからな」

香織の手を握りながら、そんなことを言ってくれるお母ちゃんを見ていると、今のままでもいいか……と思ってしまうこともある。

そう、今のままでも全然構わない。今のままで、私たちは十分に幸せだ。

そう思いながらも、産みの母親と姉のことを思い出すと、どうしても胸がドキドキしてくる。あの人たちをきれいに忘れようとしていることが、後ろめたくなってくるのだ。

弟のハジメは何も知らない。

自分が生まれる前に、お父ちゃんと香織には別の家族があって、それはそれで楽しく過ごしていたことを。そして、お父ちゃんと別の女性との間にハジメが生まれたことで、そちらの家族が壊れてしまったことを。

お父ちゃんの名前は洋司（ようじ）。若い頃、京都の大学を出て、それなりに名前の通った会社に入った。やはりそれなりに出世して、祖父母を喜ばせていたようだ。詳しいことは知らないが、その会社では、いわゆる出世コースに乗ってもいたらしい。

その過程で、同じ会社で働いていた響子（きょうこ）という女性と結婚した。長身でモデルのように美しい人で、香織とその姉の産みの親だ。

香織と姉は、京都の名の通った私立小学校に通っていた。

姉は母親にそっくりな容貌をしていて、子どもの頃から人目を引いた。頭もよくて成績の順位はいつでも学年の上位、おまけに幼い頃から習っているバイオリンも、コンクールに入賞するのが当たり前という腕前だった。

三歳年下の香織は、どちらかといえば洋司の方に似ていて、顔よりもガッシリとした骨格で目立った。別に不美人という訳ではないが（山田製作所の正太の言葉を借りれば、メッチャ美人ということにならるらしいが）、姉と比較されてしまうせいか、幼い頃から〝おへちゃ〟と言われることが多かった。

「香織ちゃんは、おへちゃなんかやないよ！　べっぴんさんや！」

友だちにおへちゃ呼ばわりされて泣いたりした時、姉が慰めてくれたのも、今となっては、いい思い出だ。

そのまま生きていければ、その家庭なりの幸せがあっただろうと香織は思っている。今とは違っていたかもしれないけれど、家族が違っているのなら、それも当たり前のことだ。

しかし、香織が小学二年生になった頃、嫌な影が差し始めた。

正直なところ、このあたりの細かい顚末を、当時子どもだった香織が全て理解しているわけではない。ただ、その前から、父親に対する母親の口調や接し方が、妙にきついと思えることもあった。「お母さんは、結婚するほどお父さんが好きなはずなのに、なんであんな言い方をするんやろ」と思ったことも、しばしばある。

すでにどういう成り行きだったかは覚えていないが、子どもでもそう思うようなことが、あの家庭では日常的にあったのかもしれない。あるいは、世間への体裁よりも自分の好きな生き方を選びたがる父親の性格が、夫婦の間に波風を立てていたのかもしれない。

今となっては、あの夫婦の関係が冷え切ったのは、果たしてどちらに責任があったのかと香織が考えるのは、あまり甲斐がないことだ。父親も母親も若かったろうし、良しとする生き方も当時と今では異なる。

ハッキリと言えるのは、その頃の家庭は、早々に壊れかけていたということだ。

母親は相変わらず美しかったが、ある時期から目つきが険しくなって、何かにつけて棘(とげ)のある言葉を口にするようになった。父親は残業と称して遅くまで家に帰ってこなくなり、得意だった冗談の数も減った。そうなると家の中は暗くなり、揉(も)め事ばかりが起こった。

年上の姉は、自然と母親の味方をするようになった。一つ屋根の下に暮らしている香織も、表面的にはそんな感じだったが、それでも父親と二人になった時は、以前のように甘えたりもした。洋司はそんな香織の頭を撫(な)でて、「俺の味方は、おまえだけや」と言ったが――香織は、どっちかの味方になんかなりたくなかった。どっちも、自分の大切な親なのだから。

その頃から、姉も香織に強く当たるようになってきた。今にして思えば、その頃の姉は小学五年生で、今でいう難しい年頃の真っ只中だ。

「香織ちゃんは、おへちゃなんかやないよ」――そんな優しい言葉を、姉の口から聞くこともなくなった。やがて母親と同じような尖った目つきになって、いつも近寄りがたい雰囲気を身にまとうようになっていた。もし今の自分が、あの頃の姉に会うことができたなら、力いっぱい抱きしめてあげたいとも思うが、あの頃の姉は、そんなことで心を開いてくれたりはしなかっただろう。

やがて、父親と母親は正式に離婚することになった。

どうしてそうなったか、その時は何の説明もされなかったが、どのみち姉と香織が口を挟む余地はなかった。というか、これは夫婦の問題とばかりに、二人だけが話し合い、二人だけで決めてしまったのだ。

やはり決定打になったのは、父親と若いＯＬの間に、子どもができたことだろう。まだ離婚が成立する前に、すでに二人はそういう関係になってしまっていたのだ。

そのＯＬは信子（のぶこ）という名で、言うまでもなく今のお母ちゃんである。そして彼女には、自分が引き下がるという発想は、まるでなかった。何より父親であるお父ちゃんにも、響子とやり直そうという気力がなかった。

響子は、かなりの額の慰謝料と共に、毎月の姉の養育費を確実に支払ってもらうという条件で、離婚届に判をついた。夫であったお父ちゃんは、ほぼ無一文に近い状態で、小学三年生になっていた香織を連れて家を出ることになった。

香織がお父ちゃんについていくことになったのには、いくつかの理由がある。

まず一つは、母親の方が、女手一つで二人の娘の養育は無理だと渋ったからだ。二つめは、お父ちゃんが唯一の味方と思っている香織を姉より可愛がり、手放したがらなかったからだ。

そして、もう一つは——姉が妹の香織を嫌って、「こんな子の顔は、二度と見たない」と、両親の前で叫んだからだ。

その時のことを思い出すと、香織は今でも胸が苦しくなる。能天気な自分が放った言葉が姉の神経を逆撫でしてしまったことも、歳を重ねた今ならわかる。

ハジメが生まれたのは正式な離婚が成立する前で、まだ香織も姉と一つ屋根の下に住んでいた。そこまで母親が離婚の成立を引き延ばしたのは、慰謝料を跳ね上げるための誰かの入れ知恵だと言われてもいるが、今となっては、どうでもいい。

ただ新しい子どもが生まれたことが、お父ちゃんは単純に嬉しかったのだろう。よせばいいのに、休みの日に外で遊んでいた香織に声をかけて、ハジメがいる病院に連れて行ってしまったのだ。

「どうや、可愛いやろ……ほら、あんなに小さいお手々」

母親とは別に新生児室に寝かされているハジメを見た時、お父ちゃんは目を細めて言ったが――香織も、まるで同じことを思った。

(ほんまに……なんて可愛いいんやろ)

すべてはお父ちゃんの迂闊(うかつ)さのせいだった。小学三年生の香織が、生まれたての赤ちゃんを見て、可愛いと思わないはずがない。そして、それを誰かに話したくなってしまうのも、止むを得ないことなのだ。

さすがに離婚直前の状態の母親の耳には入れなかったが――その日の夜、姉にぽろりと、その赤ちゃんが可愛かったと言ってしまったのだ。

「この裏切もん！」

香織の頬を思い切り張り飛ばして、姉は叫んだ。

「あんたは、お母さんが可哀そうやと思わへんの？　どうして、そんな赤ちゃんをノコノコ見に行ったりしたんよ！」

その怒声を聞いて、母親が部屋に駆け込んできたが、姉から事情を聴いた途端、さめざめと泣きながら言った。

「香織は、お父さんの味方なんやね。お父さんとよその女の人の子どもが、そんなに可愛かったんやね」

頭の中が混乱して、香織はどう申し開きをすればいいのか、わからなかった。

ただ可愛い赤ちゃんを、可愛いと言いたかっただけなのに――香織は泣いて何度も謝ったが、お母さんは泣き止まず、姉はずっと怒鳴り続けた。

「あんたがそんなにバカやなんて、知らんかったわ。そんなにお父さんの方がええんなら、お父さんのとこに行けばええやん。それで、この家をメチャクチャにした女の人をお母さんって呼んで、その子どもを可愛い可愛いって言ってればええんや。でも、うちはそんな妹なんか欲しない。もう顔も見たない」

そして、決定的なことを姉は口走った。

「もう、うちの名前も、あんたに憶えていて欲しくないわ。だから、今すぐに忘れてや。うちはあんたのお姉ちゃんやない。家族でもない。知らん人や」

それ以後、香織は姉の名前を呼ぶことを禁じられ、結局、そのまま姉妹は別れて、それっきりだ。

もちろん、姉の名前は憶えているけれど、今でも口に出すのが怖くてならない。その名を呼んだとたん、どこかから刃物のように尖った声が聞こえてくるようで、息が詰まるようになるのだ。

4

結局、香織の足が完治するまで、四カ月以上かかった。

リハビリに努め、どうにか骨折前の状態に戻ったか……と、香織自身が思えるようになったのは、もう秋も半ばの頃だ。

普通の暮らしができるようになっただけで、ありがたく思ったものだが、香織がその喜びを満喫できたのは、ほんのひと月ほどだった。ハロウィーンの目前に、今度はハジメの身に大きなトラブルが起こったのだ。

その直前に、例の心斎橋のライブハウスのハロウィーン・フェスティバルにハジメのバンドが出場することが決まり、まさに気分は有頂天(うちょうてん)というタイミングだった。当然のようにハジメは発奮(はっぷん)し、見舞いに来るたびに、ステージ構成だの選曲について滔々(とうとう)と語っていたが、目を輝かせて語る弟の顔を見るのは、香織にとってもいい薬だった。

やがて退院して仕事に戻り、そのイベントの本番が近づいてきた頃、香織は再び山田製作所で、ハジメと顔を合わせる機会があった。

「もうすぐライブやな。姉ちゃんも見に行ったるから、しっかり練習するんやで」

いつものように明るい調子で言うと、ハジメも握りしめた拳(こぶし)を見せ、「ここで一気にブレイクするで！」と気合を見せたが、その後、ちょっと脱力した声で言った。

「でもな、ここんところ、ちぃっと体がだるうてなぁ……何か、すぐ横になりたくなるんや」

「アホ、このタイミングで風邪ひくとかカンベンやで」

夏が暑過ぎた分、秋が深まってから肌寒い日が続いていた。そのせいだろうか。

(どうせ、まだTシャツにハーパンで寝てるんやろ)

そう思った香織は、その足でドラッグストアに向かい、ビタミン剤やら風邪薬やら解熱剤やら冷却シートやらを買って弟に渡した。

「何かヤバそうやったら、いつでも電話するんやで」

離れて暮らす弟にできることと言えば、とりあえずはそんなものだ。

やがてステージ本番の日が来て、香織は『エクスクレモン・デ・シアン』が出る時間を見越して、ハジメから売りつけられたチケットで会場に入った。会場はビジュ系バンギャで溢れ返り、仕事帰りのパンツスーツ姿で入るのは抵抗があったが、父兄参観だから良しとしよう。

全部で五つのバンドが登場する中で、ハジメのバンドは三番目だった。会場内もいい感じで温まっていて、まだ薄暗いステージにメンバーが登場した瞬間からファンが沸いた。

（我が弟ながら、モテモテやな）

やがて演奏が始まり、ステージの上でギターを弾きまくるハジメの姿を見て、香織も浮かれ気分だったのだが——三曲目のギターソロの時に、それは起こった。

夢中で速弾きするハジメの鼻から、いきなり血が流れ始めたのだ。

緩んだ蛇口から流れ出るような血は、やがてギターのボディにも滴（したた）り落ちて、そこでようやくハジメも気づいたようだ。弦やピックアップまでが血に染まって、音が歪（ひず）みまくる。

あれはヤバいんやないか——そう思った瞬間、いきなりステージの上でハジメは膝を折り、そのまま横向きに倒れた。

「ハジメ！」

思わず叫んで駆け寄ろうとしたが、押し寄せたファンの子に弾き飛ばされて、香織は近づくこともできなかった。

やがてステージ裏に運ばれたハジメは、鼻血こそ止まらないものの気力はあって、ギターに滴った血を拭い、鼻にティッシュを押し込んで、なおもステージに戻ろうとした。それを止めた主催者でもある店主が、すぐさま救急車を呼んでくれる。

香織はそれに同乗して救急病院に向かったが、その時はまだ、あまり大げさには感じていなかった。何よりハジメの意識はしっかりしていて、冗談を言うほど元気だったのだ。

しかし、救急病院に運び込まれ、いくつかの検査をしただけで、事態は大きく変わった。大きな総合病院だったので、かなり専門的な検査もできたのだが、その夜こそが、その後、長く続く悪夢のような日々の始まりだった。

「ハジメさんの血液の状態が、尋常ではありません。このまま入院していただきます」

検査を終えた後、駆けつけてきた両親と香織の前で、お医者さんが深刻な顔で言った。

「あの……それは、どういうことでしょうか」

言葉を失っている家族を代表するように、お父ちゃんは尋ねた。

「もう少し精査する必要がありますが、急性骨髄性白血病である可能性が高いです」

その言葉を聞いただけで、座っていたお母ちゃんは体勢を崩して、隣に座っていた香織が慌てて支えなければ、ソファから滑り落ちるところだった。

(そんなアホな……こないだまでピンピンしとったハジメが、いきなり命の危機かいな)

白血病は言ってみれば血液のがんで、昔の映画やドラマでは、不治の病の代表選手みたいに言われている病気ではないか。

ほんの数時間前まで、そんな気配は少しもなかったのに、まるで手のひらを返したみたいに事態が変わってしまうなんて——そのショックがあまりに大き過ぎて、とてもすぐには気力を振り絞れそうになかった。しかし、そんなことも言っていられない状況でもあった。

何でも急性の白血病は、週単位で状態が悪化していくらしい。治療に動き出すのが遅くなればなるほど、それだけハジメは悪くなっていくのだ。

それから、お医者さんに説明してもらった話によると——。

そもそも血というものは、骨の中の骨髄で作られるもので、体中に酸素を運ぶ赤血球、侵入してくるウィルスをやっつける白血球、血を固める血小板と、液体である血漿などが組み合わさったものだという。

そして白血病というのは、血が作られる時に白血球系の細胞が無限に増えていくという病気で、しかもその細胞はコピーミスの不良品だから、未熟なまま増えていき、そのせいで他の正常な白血球や赤血球が作られるのを妨害してしまうのだ。仮に何もしないで放っておくと、一カ月ほどで死んでしまうらしい。

ただ、まったく手段がないわけでもない。

本来は年齢や病気のタイプで多岐にわたるらしいが、ハジメの場合、抗がん剤による化学療法でコピーミスである〝白血病細胞〟をなくし、正常な細胞を増やして〝寛解〟という状態に持っていき、そこから、いわゆる骨髄移植で、健康な血を作るもとの造血幹細胞を体内に入れる造血幹細胞移植に進むことができれば、全快に至る希望はあるのだ。

もちろん、その間の道筋は決して平坦ではない。

抗がん剤による治療は〝辛くて当たり前〟と認識されているほどきついものだし、髪や眉などの体毛が抜けていくのも、よく聞くことだ。もちろん吐き気や発熱にも、耐えてもらわなくてはならない。

しかし、それはハジメ自身の戦いである。家族が代わってやることはできない。ハジメ自身が気を強く持って、その時間を耐えるしかない。

そこに造血幹細胞移植をすれば、健康な血が作られるようになるというわけだが――移植には、ＨＬＡ（ヒト白血球抗原）というものが、ある程度合致することが必要なのだという。

輸血の時にA型、O型などの血液型の一致が必要なのと同じようなものらしいが、こちらの方のハードルは、さらに高い。きょうだいならば25％の確率で合致するが、両親や親戚は１％以下、他人ならば、数百から数万分の１の確率になるらしい。

そういう話をお医者さんから聞かされても、ウンザリしたり、まして諦めるわけにはいかなかった。

せめて自分だけでもハジメのために動こうと思った。できることを全て、やってやろうとも思った。もしかすると、自分があの子の姉になったのは、そのためかもしれない。

それこそ自分と姉が決裂する原因になった、生まれたばかりのハジメの姿を思い出すと、香織は胸のずっと奥の方から、熱いお湯のようなものが湧いてくるように思えた。

（こうなったら、ハジメの白血病にもアネキ風吹かしたるわ。いや、それの何倍も強烈な〝アネキ台風〟、くらわしたるで！　吹き飛べや！）

それから香織は、毎日のようにお見舞いに行ったが、ハジメは早々に無菌室に入ることになったので、手を握ることさえできなくなった。ガラス越しに顔を見られればいい方で、大抵はベッドで横たわっているハジメと、スマホで話し合うことが多かった。

スマホの画面の中で、元気なハジメの顔が見られればいいが、抗がん剤を使って、ぐったりと力をなくした状態のハジメを見るのは、やはり辛い。

「とにかく吐き気がすごいんや……体に力も入らんし」

髪と眉が抜けてなくなり、今にも消え入りそうな声しか出せなくなっている。

そんな時こそ〝アネキ台風〟だ。

「あんたはアホか。そうなってまうのは、今、まさに治ってるところってことやんか。抗がん剤が、じっくり体に染み込んで、悪い連中をやっつけてくれてるんや。それをガマンすればするほど、健康体に近づいとるんやで。だから気分が悪くなっても、男らしくウェルカムせんかい！　ついでに、抗がん剤も応援したらんかい！」

「何や、それ。応援したら、薬ががんばってくれるんか」

「当たり前やろ。世の中、応援されてがんばらんもんがあるか」

「いや、まぁ……あるんやないの」

「カーッ、こいつはホンマにアホやな。そんな考えで、何か得があるんか？　ないやろ？　どうせやったら、そこにあるもん全部が、おまえのために根性入れてがんばってくれとるって思う方が、ずっと元気が出るやろ。せやから、おまえも応援したれや。がんばれ、がんばれ、空気清浄機！　がんばれ、がんばれ、点滴チューブ！」

「ははは、さすが姉ちゃんやなぁ。何か無理やり元気出させられるわ……がんばれ、がんばれ、シクロフォスファミド」

さすがに薬品名は舌が回り切ってなかったが、ここはやっぱり〝気は心〟だ。

（がんばるんやで、ハジメ）

ハジメが戦っている時に、姉の自分が戦わないという選択肢はない。

何より重要なのは、親と自分のＨＬＡがハジメと合致するかどうかを調べてもらうことだが、お父ちゃんもお母ちゃんもダメだった。さらに、四分の一の確率だと思っていた自分さえ、掠(かす)りもしていなかったことに、さらにショックを受けた。

何も血の繋がりが半分しかないことを、今さら思い知らされるからではない。

三人の中で一番可能性が高いはずの自分がダメだったということは、あとは骨髄バンクで探してもらうしかなくなるが——何十万の中から一人だけを探し出すのに、どれだけの時間がかかるのだろう。そして、それは待機している多くの人たちの中で、何番目に探してもらえるのだろう。それまで、ハジメの体は持つんだろうか。

（いや、まだ希望のある人がおる）

もちろん、自分の姉だ。

姉は自分同様、父親から受け継いだ造血幹細胞を持っているはずだ。

たとえば、これが同じ両親から生まれた香織と合致するかというと、かなり希望が持てる。運が良ければ１００％合致ということもありうるらしい。

しかし、父親だけが同じということなら、かなり可能性は低くなるだろう。この可能性に賭けた香織は、まったくダメだったが、姉はやってみなくてはわからない。全くの他人に期待するより、父親だけでも同じなら可能性は上がるのではないだろうか。

ここまできたら、やってみる他はないのだが——あんなにもハジメを憎んでいる姉が、どうしたら検査を受けてくれるだろう。

5

香織が最後に姉に会ったのは、二十一歳の時だった。母方の祖父が亡くなった際の葬儀に呼ばれたのだ。

もちろん実の両親の確執(かくしつ)は深いままで、祖父が危篤状態に陥(おちい)った時でさえ、香織とお父ちゃんには、全く声が掛からなかった。もっとも離婚前に別の女性と関係を持ち、子どもまで作っていたお父ちゃんは、祖父から見れば娘を裏切った大悪人なのだから、それも当たり前のことだろう。

だから、祖父の葬儀にお父ちゃんは呼ばれもしなかったが、ただ香織だけは呼ばれた。これはおそらく、母方の祖母の考えなのではないかと思う。

親がどうなろうと、姉と香織は自分の娘が産んだ子どもである。幼い頃は一つ屋根の下で暮らした、仲の良い姉妹だ。それが親の都合で二つに引き裂かれ、それぞれの親についていった姉と妹が、それ以後顔を合わせることもなくなったという現実が、祖母には辛かったに違いない。

亡くなった祖父の力を借りて姉妹を会わせ、かつてのようにとはいかないまでも、普通に付き合える状態に戻してやりたかったのだろう。姉も香織も二十歳を超えて成人したのだから、それぞれの親の見えないところで、それくらいの立ち回りもできるのではないかと、期待していたのかもしれない。

しかし結局、祖父の葬儀では、姉とも実の母とも、新しい関係を作ることができなかった。

母だけは「大きくなったわね……すっかりお姉さんじゃないの」と言ってくれたものの、そこから先には行けなかったのだ。

もしかすると実の母も、自分が香織をお父ちゃんに押し付けたことを、後ろめたく思っていたのかもしれない。また、籍こそ入れてなかったものの、お父ちゃん同様、新しい人がいたようだから、その人を見られたくなかったのかもしれない。

ただ、別れ際、姉に電話番号を尋ねられた。

「お父さんの電話番号、実はおばあちゃんしか知らんのよ。せやから、当のおばあちゃんが亡くなった時に困ると思う。おばあちゃんは、きっとあんたに葬儀に来て欲しいって思うやろうしね……だから、携帯番号教えておいてくれる？」

なるほど、言われてみれば、もっともな話だった。

お互いのスマホを取り出し、香織と姉はお互いの電話番号を交換したが、その時も、姉の名前を呼べないままだった。

登録した電話番号に書き添えた名前も、たった一字で『姉』。

そんな姉に、ＨＬＡの検査を受けてもらうにはどうすればいいか——香織は頭を捻った。

（ストレートに頼むのが、一番ええんやろな）

数日後、香織は姉に電話をかけようと決心した。

自分の部屋で、何度か深呼吸した後、アドレス帳の中の『姉』という文字に手を触れようとして、直前で指を止める。

いきなり電話するのが、いかにハードルが高いことか、ここに来て、ようやく実感した。

(あかん……電話なんかかけられへん)

保険の勧誘についてもそうだが、込み入った話をする時は、相手の顔が見えない電話よりも、対面して相手の表情や様子を見ながらの方が、香織には話を進めやすかった。『相手が興味のない顔をしている時は、どんな話題で気を引くか』とか、『相手が話に乗ってきた時は、どういう順序で話を広げていくか』といったことが、体に染み込んでいるのだ。

だからこそ、今日まで保険の勧誘を続けてこられた。

とりあえず、ショートメールを一通、送ってみる。

「お姉さん、ご無沙汰しています。妹の香織です。お元気ですか？」

ショートメールがどれだけの文字量を送れるのか、今一つわかっていないので、何度かに分けて送る。

「実はお姉さんに、ご相談したいことがあります。近いうちに少しお時間いただけないでしょうか」

送る前に読んで、「ご相談したいこと」を「ご相談したい重要なこと」に修正し送る。

返信は、驚くほど早く来た。

「久しぶりね。誰か死んだの？」

至ってクールなリアクションだ。

ここでハジメが白血病になってしまったことを書くのは、どうかと思った。「ざまぁないわね」とか「天罰ね」なんて言葉が文字で届いたりしたら、思わずスマホを放り出してしまいそうだ。

「そういうことではありません。ですが、とても重要なことです。なるべく早いうちにお目にかかって、ご相談できれば幸いです」

そう打って送信すると、二十分ほどしてから返信が来た。

「来週の水曜11時、梅田駅近くのホテルグランドドル、17階の喫茶室」

そっけなくはあったが、必要最低限のことは書いてあった。

「ありがとうございます。お会いできるのを楽しみにしております」

そう返信すると、香織はドッと疲れた。


ほぼ一週間後、約束の時間にホテルの喫茶室で会った姉は、昔とあまり変わらない風貌をしていた。特に長い髪の艶やかさには、さらに磨きがかかっている。おまけに化粧や服のセンスが際立っていて、それこそ女優のようだ。

「久しぶりやん」

先に喫茶室で待っていた香織の前に現れた姉は、最後に会った時のようにまったく笑顔も見せず、香織の前の椅子に腰を下ろした。

「お父さんは元気にしてはる？」

「はい、元気にしてます。それで、私は」

そう言いながら香織は、保険外交員の名刺を差し出した。

「へぇ、保険屋さん、やってるんや」

爪をきれいに磨いた指で名刺をつまんで、姉は言った。

「もしかして、うちに保険を勧めに来たん？」

「まさか」

すでに気圧されている香織は、話を急いだ。

「実は、弟のハジメのことなんですけど」

ハジメの身に起こったことを順序だてて話したが、どうしても早口になってしまう。何かイヤな言葉を挟まれてしまいそうで、怖かったからだ。

「それで、姉さんにお願いしたいんは……」

「もしかしてＨＬＡが合致するかどうか、検査受けぇって言わはるん？」

普通の人があまり使わない言葉がサラリと出る。

「うちが、あの子のために？」

その時、初めて姉の顔に薄ら笑いが浮かんだ。

ハジメには何の罪もないけれど——あの子が生まれたことで、自分たちの生活が大きく変わってしまったことは否定できない。

「でも、仮に合致したら、姉さんにとってもええことなんですよ」

だから検査を受ける利点を保険屋の香織なりに考え、それで姉を説得するつもりだった。

「うちにも、ええことがあるっていうん？」

「はい、もちろん……白血病は、十万人に四、五人の方が罹る恐れのある病気です。確かに確率は少ないですが、絶対にならないという保証はありません」

「あら、ほんまに保険屋さんみたいやね」

薄い笑みを浮かべたまま、姉が言う。

「万一かかってしまった時、骨髄移植が必要になる場合がありますが、合致する型を見つけ出すのは至難の業です。けれど、もし検査して弟と合致していることがわかれば、姉さんは有効な提供者を一人キープできることになるんですよ」

「それって……もしかしたら、治った弟さんから移植し返してもらうってこと？」

「はい、そういうことです。ええことやと、思いませんか」

香織は胸を張って答えたが――次の瞬間、久しぶりに姉の笑う声を聞いた。

「香織、あんた、それでほんまに、ちゃんと保険屋さんがやれてるん？　大丈夫なんかな」

「何かおかしいこと、言いましたか？」

「おかしいも何も、白血病を患った人が、造血幹細胞の提供者になんて、なれるわけないやん。そんなキャッチボールみたいなことができたら、便利やとは思うけどね」

香織は顔が熱く火照るのを感じた。確かに、どうすれば姉に検査する気になってもらうかばかりを考えていて、実際にどうなのかは調べていなかったのだ。

「うちやからよかったけど、今みたいなことをお客さんに言うたりしたら、とんでもない大ウソつきになるところやったで。気ィつけんと」

「……はい」

香織に返す言葉はなかった。

その顔を見ていると——幼かった頃の姉を思い出す。

とても優しくて、ドジでグズな自分を何かにつけて庇ってくれた、お姉さん。その頃の呼び名で言えば〝ネーネ〟。そう、香織は幼い頃、姉をそう呼んでいた。

なぁ、ネーネ……お父さんたちの間に何も起きんかったら、自分たちは今も仲良し姉妹でいられたんやろか。ずっと一緒にいて、一緒に大きくなれたんかな。

「もしうちに骨髄移植が必要になるようなことが起こったら、一番合致する可能性が高いんは、確かにあんたやな。だから、あんたの携帯番号は、ずっと消さんでおくわ」

姉は落ち着いた声で言った。その言葉だけで、姉との距離が少し縮まったような気がする。

「とりあえず、ＨＬＡの検査を受けてみることにするわ。プロの保険屋さんが、こんなあり得へんミスをしてまうなんて、よっぽど弟くんのことで、頭がいっぱいなんやね……うちにまで連絡してくるくらいやから、そうやろうとは思っとったけど」

姉は再び薄い笑みを浮かべて言った。

「弟くんは、どこの病院に入院してはるの？　自分で連絡して、パッパッと検査してもらうから」

「ありがとうございます」

香織はテーブルに額を擦りつけるようにして言った。

6

約束通り、姉はハジメが入院している病院に自ら出向いて、ＨＬＡの検査をした。その結果は、〝半合致〟。

「やった！」

それを聞いた時、香織は思わず叫んだ。

半合致は、文字通り、半分は合致したということだ。万事ＯＫというわけではないが、骨髄移植はできるし、それによって起こる障害は、ある程度医療でコントロールできるという。少しばかり時間はかかるかもしれないが、ハジメが生還できる可能性が、今まで以上に跳ね上がったのだ。

抗がん剤治療が終わった後、すぐさま骨髄移植の手術をした。そのための骨髄採取で姉にも大きな負担をかけたが、姉はイヤな顔も見せずに応じてくれて、あとは〝寛解〟を待つばかりとなった。姉の骨髄がハジメの中で定着して、健康な血液を作り出せる状態が三年続けば、そう言っていいものらしい。三年の間に再発しなければ、ほぼ再発は起こらないので、〝完全寛解〟という呼び名に変わる。

むろん病気が病気なので、それで危機がすべて去ったわけではないにしても——ハジメは自分の人生を、思うままに生きていくことができるようになる。

「ありがたいなぁ……これも、会ったことのない〝お姉さん〟のおかげなんやね」

治療の区切りがついた頃、香織は両親と相談したうえで、すべてをハジメに話した。

お父ちゃんやお母ちゃんにしてみれば、正しい手順を踏み切れなかったことをハジメに隠していたかったようだが、子どもの頃ならともかく、大人になって、なおかつ人生が平坦な一本道でないことを実感していたハジメには、それは大したことでもなかったようだ。

自分が香織と半分しか血が繋がっていないことも、最初は驚きもしたが、すぐさま「ま、そういうこともあるやろね」と、納得した。すでに幼い頃から一緒に暮らして、きょうだいとしての繋がりをしっかりと持っていたからだろう。

それよりもハジメが気にしたのは、見たことのない〝お姉さん〟がどういう人なのかということだった。

「ねぇ、お姉さんって、何て名前なん？」

ウンザリするほど聞かれたのが、何よりもそれだった。誰だって、一番最初に気になるのは名前だろうが、香織はそれを教えることはできなかった。姉のことは何も教えてはいけない……というのが、骨髄のドナーになることについて、姉がただ一つ出した条件だったからだ。

「香織には悪いけど、うちは今でも弟くんのことを認めるわけにはいかへんの。そうしてしもたら、お母さんが、あんまり可哀想やから」

骨髄採取のために二泊三日の入院をした姉を迎えに行った帰り、香織は駅の近くの喫茶店で話した。

「お母さんは、あれから精神が不安定になってもうてね。いつもうちがそばにいてあげへんと、すぐに落ち着かんようになって、パニック状態になるんよ。無理もないわな、あんな思いをすれば」

幼かったとはいえ、自分もまた母親をそんなふうにしてしまった側の一人なのだと、香織は思った。

「一度は、いい人が見つかって、再婚するかなって思えたこともあったんやけどね……残念やけど、そうはならへんかったわ。人と人が巡り会うて、いい感じの関係になるって、なかなか難しいもんやしね」

その時、姉はすでに結婚していて、旧姓ではなくなっていることを聞いたが、新しい姓も最後まで教えてくれなかった。

「うちは、ずっとお母さんの味方や。悪いけど、お父さんのことも、お父さんの奥さんも、弟くんのことも認めへん。まぁ、呪わへんだけ、上等やと思うて欲しいわ」

いつもの薄い笑みを浮かべて、姉は言った。

「せやから弟くんには、うちの名前を絶対に教えんといて。この先、何かの拍子に香織がうちの仕事や住所を知るようなことがあっても、弟くんには絶対に教えんといてな。それがドナーになる条件やったって、忘れんといてよ」

その言葉を聞きながら、香織は何度も泣きたくなった。

今となっては、できることは何もない。それこそ、いつか姉に言われたように、自分には「家をメチャクチャにした女の人をお母さんって呼んで、その子どもを可愛い可愛いって言って」生きていくしかない。

ただ、自分はそれでいいとも思った。自分が生きていく場所は、もうこちら側なのだ。

お父ちゃんも、お母ちゃんも、弟のハジメも、大好きなのだから。


その後、姉が香織の前に姿を現したことはない。

お互いに電話番号だけは知っているものの、切羽詰まった用事がない限り、かけてこないように言われている。姉が言うには「便りのないのは、良い便り」ということらしいが、今までろくに関わっていなかったのだから、今まで通りが良いということか。

香織もそれには異論はないが——名前も知らない姉にハマってしまったのは、ハジメだった。

「なぁ、姉ちゃん、お姉さんって、何歳年上やったっけ？」

「姉ちゃん、お姉さんって、運動とか得意なん？」

「姉ちゃん、お姉さんは……」

香織は〝姉ちゃん〟で、姉を〝お姉さん〟と呼ぶのは気に入らないが、きっと今、ハジメは自分の中で、今まで存在しなかったもう一人の姉を作り出している最中なのだろう。
どんなことでもそうかもしれないが、実物がそばにないものほど、実際以上に美しく思えるものだ。

しかもハジメは姉の造血幹細胞を移植したので、今までのＡＢ型から姉と同じＯ型に変わってしまったばかりか、ＤＮＡまで受け継いでいる。

つまりハジメは、これからゆっくりと姉に似ていくということだろうか。もしかすると、一緒に育ってきた香織より、いろいろな面で姉に近づいていくのかもしれない。

（とんでもないアネキ台風、吹かしていきよったで……姉さんは）

そう思っていた矢先――〝光岡（みつおか）沙織（さおり）〟という女医さんが、いつも視聴しているモーニングショーの新しいコメンテーターとして、テレビ画面に映るのを見た。優秀かつ美貌の精神科医として活躍中で、本もたくさん出しているらしい。

（そらぁ、うちが何にも知らんのを、笑うはずやな）

その人の薄い笑みを見ながら、香織は大きく舌打ちした。

初恋忌

1

「あぁ、懐かしいな」

彦根(ひこね)駅前の歩道に立ち止まってつぶやくと、前を歩く娘が振り返った。

「やっぱり昔のまま？」

「いや……そりゃあ、あちこち変わってはいるよ。あれなんか、多分なかったと思うし」

目の前のロータリーに建っている、立派な騎馬像を見ながら言う。

「そうなの？」

娘はコートのポケットからスマホを取り出し、素早く検索する。

「あの銅像は、初代彦根藩主、井伊直政だって。建立されたのは昭和六十二年」

「昭和六十二年か……俺が引っ越してから建てたんだな」

「パパ、軽く言ってるけど、三十年以上も昔の話だよ」

「俺がこの町にいたのは、中二の夏までだから」

そう言いながら、肩にかけたバッグから小さなスケッチブックを取り出そうとすると、娘が目を丸くした。

「えっ、着いた早々、スケッチ？」

「こういうのはな、最初の印象が大事なんだ。十五分だけ待ってくれ」

鉛筆のクロッキーだから、仕上げるのにざっと十分というところか。

「まぁ、いいけどね」

娘が鼻白むのもわからないではないが、そこは大目に見てもらいたい。おそらく、この町に来られるのは、今日が最後だ。

人通りの邪魔にならない場所を選んで、娘が小さな折り畳み椅子を広げてくれる。私は前かがみにならないように気をつけながら、ゆっくり腰かける。

一年前、食道に癌が見つかり、ほぼすべてを切除してしまった。なくなった食道の代わりに胃を喉元近くまで吊り上げたので、胃酸や消化液が逆流しやすい。椅子に腰かける時には、いつも上半身にギプスをはめたような、ぎこちない動きになってしまう。

周囲を見渡すと、彦根の街は私がいた頃の面影を、十分に残しているように思われた。駅前の広い道路を直進すれば神社と城に突き当たり、脇に回り込んでさらに進めば、琵琶湖に突き当たる。このあたりは、はるか昔からのメインストリートなのだ。空気感のようなものは変わらない。

私がこの町に住んでいたのは、小学四年から中学二年半ばまでの短い間でしかない。損害保険会社に勤めていた父は転勤が多く、早ければ二年で動くことさえあったので、この町で丸四年以上も過ごせたのは、むしろ長い方だったかもしれない。

彦根での日々には、光のまばゆさに目を細めたくなる記憶が多い。中でもひと際輝いているのは、間違いなく彼女——同級生だった繁田喜代美の笑顔だ。

彼女の面影を思い出しながら、私は娘に持たせた小さな花束に目をやった。

「途中でお店がないと困るから、飲み物とか買ってくるね」

「ああ、頼む」

娘は何度もこちらを振り返りながら、通りの向こうのコンビニに向かって歩いていった。もう二十六なのに、高校生のような後ろ姿だ。子どもの頃からよく気のつく娘で、顔は私に似てしまったようだが、性質は母親の方を受け継いだらしい。

私は胸に軽いむかつきを覚えながら、彦根駅舎のスケッチにとりかかった。東京から二時間以上も新幹線に揺られてきたのだから、少しばかり具合が悪くなるのは仕方がない。

私の癌は今のところ小康状態を保っている。食道癌は癌のうちでもやっかいだといわれているから、比較的早期に発見できたのは、不幸中の幸いだった。

ただ、元のように働くことはできなくなった。勤務先の金属メーカーでは、技術開発部門の部長を務めていたが、長期にわたる入院で戦線離脱を余儀なくされた。今は総務部付のアドヴァイザリースタッフという肩書で、細々と勤めを続けている。それでも人並みの給料をもらえているのだから、会社には感謝しなければならない。

この春先、そろそろ泊りがけの旅行がしたいと医者に申し出ると、「あまり、おすすめはできませんが、気分転換になるのなら……」という、どっちつかずな答えが返ってきた。私はそれを「生きているうちに好きなことをしておけ」という意味と受け止めて、この小旅行を決意した。

今日はこれから彦根の町を散策し、夕方には京都へ行って妻と合流する。京都には大学を出て働きはじめたばかりの長男がおり、今夜は彼の2DKの仮住まいに、家族みんなで押しかけることになっている。

妻が彦根に同行しなかったのは、どうしても断れない仕事があった（アロマソープ作りの趣味が高じて、今ではカルチャーセンターの講師をするまでになっている）せいだが、めっきり弱ってしまった夫が、どうしても彦根に行くと言い張るのを見て、何事かを察したのかもしれない。

スケッチは、きっちり十分で仕上げた。

退院してから、目に留まったものを写真の代わりにスケッチするのが日課になっている。中学、高校と美術部だったので、ひととおり絵画の心得はある。

「で、パパ、どこから回るんだっけ？」

いつの間にか戻っていた娘が、後ろから声をかけてくる。

「近い順で行くなら、とりあえず小学校かな」

「後で、お城を見学する時間ある？」

「あるよ、たっぷり。パパの中学校は城の中にあるから、ついでに回ればいい」

妻の代わりに、仕事を休んでまで付き添ってくれた娘だったが、自分なりにこの小旅行を楽しむ気はあるらしい。大学では歴史研究のサークルに入っていたから、彦根城にも興味があるのだろう。

私たちは、西へ向かってゆっくり歩き始めた。

「このあたりって、空がすごく広いね」

「高い建物もないし、道も広々としてるからな」

彦根は戦時中に大規模な空襲を受けなかったので、かつての城下町や宿場町の街並みが多く残されているという。それでなくとも晴れた空はどこまでも高く、そのまま、あの日々にも繋がっているようにさえ思えた。

私が埼玉県の大宮市から、ここ滋賀県の彦根市へ越して来たのは、夏休みの終わる頃だった。

父の会社の転勤辞令は決まって七月に出る。一学期の終業式の前にあわただしく別れの挨拶をして、夏休みのうちに引っ越し、二学期からは新しい学校に通う。小学二年生の時に、静岡から埼玉へ越した時もそうだった。

彦根の小学校は、一クラス四十人前後で四組まであった。私が入ったのは二組で、三十代半ばの女性教師が担任だった。先生の名前はさすがに覚えているが、友だちの名前はかなり忘れている。私のように転校が多かった身となれば、どこの学校で一緒だったか、よく思い出せない顔もある。残念ながら、繁田喜代美に初めて会った時の記憶もない。

「この学校だね」

「うん、懐かしいな」

私は反射的に言ったものの、心からの言葉ではなかった。校舎は昔と同じようにも見えるが、おそらく何度か外壁を塗り直しているだろうし、すべての窓枠がサッシになっているのも、昔とは大きく違う。さらに言えば、かつての自分と今の自分の目の高さが違い過ぎる。

学校のまわりをゆっくり歩きながら校舎の裏側に回ると、教員専用の通用口が見え、その前についた低いコンクリート製の階段が、そっくり昔のままだった。案外、こんなふうに人目につかないところの方が、昔の面影を保っているのかもしれない。

冬には、この階段の向かいにストーブにくべるコークス置き場があって、毎朝、クラスの係が大きなバケツを下げて取りに来るのが定番だった。ストーブの世話にハマった生徒が、まるで自分が専属の係であるかのように、毎朝早めに登校してきては焚き付けをやっていたものだ。

コークス、だるまストーブ、冬……と、記憶を呼び起こしていき、同じクラスだった繁田喜代美が、クリーム色のミトンの手袋をつけていたこと、その手袋にはピンクのボンボンがついていたことまで思い出す。さらには中学の頃の、制服用のコートを着ていた姿まで。

転校してきてから小学校を卒業するまで、私は喜代美と同じクラスだった。五年に進級する際にクラス替えがあったが、それでも一緒になれたのだ。

小学生の頃の喜代美は、目立つタイプではなかった。笑顔の明るい子だったけれど、進んで前に出ることはせず、いつも誰かに場所を譲っているようなところがあった。言葉づかいがきれいで、たとえ男子とぶつかるようなことになっても、おっとりした口調で凹ませてしまう。男子たちも、どこかで彼女に一目置いていた気がする。

授業参観や運動会などで、喜代美の両親を見たことがあるが、お母さんはまん丸い顔で、物腰の柔らかい人だった。お父さんはずいぶん背が高くて、くっきりとした二重瞼が喜代美によく似ていた。たしか、お姉さんとお兄さんがいたはずだ。

私が彼女を強く意識するようになったのは、五年生の二学期が始まる時の席替えで隣同士になってからだった。

どうしてそうなったのか前後は憶えていないが、学校で流行っていた折り紙の話題になり、私が手裏剣の折り方を知らないと言うと、彼女が大きく目を見開いたのだ。

「そら、あかんわ。伊賀者に攻められたら、どうするん?」

まさか彼女が、そんな冗談を言うとは思わなかったので、私はかなり驚いた。驚いただけでなく、心を持っていかれてしまった。今にして思えば、末っ子としてかわいがられたから、案外おちゃめな性質だったのかもしれないし、甲賀忍者の里に近い彦根で生まれ育ったので、小さい頃から忍者が身近だったのかもしれない。

「いい？　まず折り紙一枚を、半分に切ってね……」

彼女は根気よく教えてくれて、私はその日のうちに折り方をマスターした。おかげで、今までいくつの手裏剣を折ったことか。

これはもう理屈ではなく、それ以降、私の頭の中は、喜代美の面影でいっぱいになっていった。

たとえば、つまらない私の冗談に、白い歯を見せて笑ってくれた顔。

朝の挨拶をした時、眠っている猫のように目を細めた笑顔。

ノートの隅っこに、少女マンガ風のイラストを描いている時の、キラキラした目。

長かった髪を、ギリギリ襟元に付くくらいに切って来た時、「切り過ぎてしもてん」と赤らめた頰。

返された私のテストの答案をちらりと見て、「あ、けなりぃわぁ（うらやましいな）」と近江弁で称えてくれた時の、尖らせた唇。

そんな何気ない記憶のすべてが、私の宝物だ。

しばらく小学校のまわりを歩いて、やがて元の場所に戻ると、また娘が尋ねてきた。

「どうする？　まだ見る？」

「いや、そろそろ行こうか」

「そうだね。花がしおれないうちにね」

娘はそう言いながら、手にした小さな花束を、私の前に差し出した。

彦根城へ行く前に、私は墓参りを済ませなければならない。

2

小学校の頃の私は、目立たない子どもだったと思う。

勉強はそこそこできたが、運動は苦手。習い事のたぐいもやったことがない。唯一の取り柄は恐竜にくわしいことで、これはどこの小学校でも一目置かれた。どちらかというと楽しいことは家にあったので、授業が終われば、さっさと帰ってしまうことが多かった。

けれど六年生になる頃には、放課後クラブや委員会などで、まだ喜代美が校内にいるのを知りながら帰ってしまうのが、とても惜しくなってきた。その頃には席が変わっていて、手裏剣の作り方を習った時のように親しく話す機会も減っていたから、なおさらだ。彼女が委員会（確か園芸委員会）の会合に出ている時は、わざわざ図書室に行って時間をつぶしたりもした。

だが、彼女に声をかけて一緒に帰るなんてことはできなかった。彼女が友だちと一緒に帰るところを遠くから見たり、うまい具合に見つけてもらって、声をかけられるのを期待していただけだ。

そんな気持ちを胸に抱えたまま小学校を卒業し、私は彼女と同じ市立の中学校へ進んだ。彦根城の城堀の中にある、かつては映画の撮影に使われたこともあるという学校だった。

入学早々、私は大きく落胆した。早い話、喜代美とクラスが違ってしまったのだ。

中学校は一学年に五クラスあったので、当然そういう事態も起こりえるわけだが、なぜか私は喜代美と同じクラスになれると信じ込んでいた。

今まではクラスが同じだったから、好きな時に彼女の顔を見ることができたし、大した用がなくても話しかけることもできた。けれどクラスが違ってしまえば、そうはいかない。残された一縷（いちる）の望みは、クラブ活動だった。小学校と同じように、中学校にも全生徒が必ず入らなければならない〝全参クラブ〟という時間があったのだ。

私は美術部を希望した。喜代美は小学六年の時に絵画クラブに入っていたから、中学でもそうするだろうと、ただそれだけの理由だった。

確実に同じクラブに入りたいなら、本人に聞けばいいはずだが、そんなことができるはずもない。自分が思いを寄せていることを彼女に知られたくなかったし、こっそり情報を持ってきてくれるような友だちもいなかった。

結局、彼女が入ったのはバスケットボール部だった。

私はさらに大きく落胆した。落胆はしたが、知らなかった彼女の一面をのぞいたような気がして、何となく嬉しくもあった。

それからの私は、放課後の体育館にバスケ部の練習を何気なさそうに見に行ったり、用事もないのに彼女の家の周りを自転車でうろついたり、彼女が来るのを期待して何時間も書店で立ち読みをしてみたりと、有り余る時間を浪費していた。

今にしてみれば不思議なことだが、彼女とデートしたい……などとは考えなかった。まして手をつなぐとか、それ以上の関係になるとか、爪の先ほどにも考えたことはなかった。

後年、大学の友人に、この思い出を語ったことがある。

それを聞いて、友人は鼻で笑い、わかったようなことを言った。

「あぁ、それは恋に恋してるってヤツの典型だな」

つまり思春期に突入した私は、ただ恋の真似事にあこがれていただけで、たまたま近くにいた彼女を、その対象にしただけなのだ……と。


二年に進級して、私は再び喜代美と同じクラスになった。まだ席に着く前のごった返した教室で、彼女は私を見つけて声をかけてくれた。

「岡田(おかだ)くん、また同じクラスになれたね！」

二年生になった彼女の笑顔は　ずいぶん大人びていた。それまでは可愛らしい印象だったのに、むしろ美しいと言った方がふさわしい雰囲気だ。背丈もずいぶん伸びていた。

「うん……よろしくね」

意気地のない私は、モゴモゴした口調で返事をするのが精いっぱいだったが、これから過ごす一年を思うと胸が高鳴った。

けれど、私の幸せは長続きしない。

夏休みの直前に、父親の転勤が決まったのだ。今度は東京だという。

入社以来、地方ばかり渡り歩いてきた父にしてみれば、ようやくチャンスが巡ってきたというところだろう。父を支え続けてきた母も、それこそ涙を浮かべて喜んだほどだ。

父がいわゆる栄転をしたのだということは、私にも理解できた。小学四年生だった妹は、せめて秋の運動会まで彦根にいたいと言って泣いていたが、私は長男という立場上、家族の慶事にケチをつけるようなことは言えなかった。

私は打ちのめされたような気分で、自分のフトンに大の字になった。

自分が再び彦根に戻ってくることは、おそらくないだろう。大人になって戻れたとしても、喜代美が彦根にいるとは限らない。このまま何もしなければ、もう喜代美とは会えない——そう思うと、途端に涙があふれてきた。

私は喜代美に告白などするつもりはなかった。そんな大それたことをして、彼女を困惑させたくはなかったのだ。ただ、かつて私に手裏剣の折り方を教えてくれた日のように、向かい合って話がしたいだけだった。

終業式の日、朝のホームルームで私の転校が告げられると、教室から一斉に「えー!」という声が湧いた。てんで勝手にではあるが、クラスメイトは別れを惜しんでくれたようだ。私はそれを、うわの空で聞いていた。

友だちや先生方への挨拶もそこそこに、私は彦根駅にほど近いショッピングセンターに行き、下から上まで売り場を見て回った。喜代美へ渡す、最後のプレゼントを探すためだ。

洋服、おもちゃ、文房具、レコード……ショッピングセンターには何でも売っていた。女の子が喜びそうなアクセサリーもあった。だが、その時の私には、すべての品々が陳腐(ちんぷ)に思えた。ここに置いてあるものは、この町に住んでいれば誰にだって買える。喜代美に贈るプレゼントにはふさわしくない。そんな高慢なことを考えていたのだった。

今まで女の子にプレゼントなんかしたことのない私は、何を贈れば自分の心が伝わるか、考えてみたこともなかった。

重荷にならず、けれど自分の心が伝わり、できれば一緒に過ごした時間を、少しは思い出してくれそうなもの……それは何だろう。

いっそミュシャの画集にでもしようかと、窓を開けた自分の部屋で寝転んで考えていると、ゆっくりと鉄琴を叩くような澄んだ音が、どこからか聞こえてきた。耳を傾けて音の出所を探ってみると、隣の妹の部屋からだった。小さなオルゴールが鳴っていたのだ。

妹は引っ越しの準備に取りかかっていて、いろいろな玩具を床いっぱいに広げていた。オルゴールはその中の一つだ。たぶん幼い時に買ってもらったものだろう、手のひらに載るくらいの小さなピアノの形をしていて、裏側には『虹の彼方に』と印刷したシールが貼られている。ネジを巻きなおすと、勢いよく流れ出した小さな鉄琴の音がだんだん遅くなっていき、やがて眠るように止まってしまう。そのはかなさに、その頃の私は強く惹かれた。

(プレゼントはオルゴールにしよう)

私はようやく踏ん切りをつけた。

大きさ、デザイン、値段……クリアすべき条件はいろいろあったが、重要なのは曲目だ。メロディーが美しいのはもちろんだが、重苦しくなく、彼女が聞いて心が和むような曲がいい。また曲名に、恋とか愛とかの言葉が使われていないものがいい。

しかし、いざ探してみると、条件に合うものはなかなか見つからなかった。

私は引っ越しの前日まで彦根の商店街をうろつき回り、最後に仕方なく選んだのが、食器やら家具やらを扱っている古い店で見つけた緑色のオルゴールだ。

大人の女性が小物などを入れておくような小さな箱で、底には留め金と同じ金の脚が付いている。内側には赤いビロード、上蓋の裏には小さな鏡が貼り付けてあって、古くも新しくも見えた。曲目は、妹が持っていた玩具のオルゴールと同じ『虹の彼方に』。

正直に言えば、もっとふさわしいものがあったのではないかとも思う。けれど、その時は、それしか選べなかった。

その日の夕方、私は喜代美の家を訪ねた。白い風見鶏が目印の、こんもり植木の茂った家だった。

呼び鈴を押すと、背の高いお父さんが出てきて、「喜代美やな。ちょっと待ってな。着替えとるさかいに」と、優しく声をかけてくれた。

しばらくすると、肩ひものついた白いワンピースを着た喜代美が表に出てきた。

さっきプールから帰ってきたばかりだという彼女は、濡れた髪をしきりに手櫛でかきあげながら、何度も頭を左右に振っていた。肩や腕までよく日焼けして、鎖骨のあたりに残った水着の跡が眩しかった。

東京へ転校することを改めて告げると、喜代美は「急やったねぇ。残念やねぇ……」と、小さな声で言った。

私は後ろ手に持っていたオルゴールを入れた箱を差し出した。クリーム色の包装紙に赤いリボンが付いていた。

「これ、手裏剣のお礼やから」

その箱を見て彼女は目を見開き、「手裏剣の……?」と言ったきり、黙って私を見つめていた。

沈黙に耐えかねた私は、喜代美が何かを言おうとするのをさえぎって、彼女の手に箱を押し付けると、そのまま家の前のスロープを駆け降りた。

喜代美とは、それから会っていない。

せめて手紙らしいものを一緒に渡しておけばよかった……と思ったのは、かなり後になってからのことだ。

3

墓前で瞑っていた目を開くと、雨に叩きつけられたガラス窓越しの風景のように、目の前が歪んでいた。

「パパ……はい」

娘が渡してくれたハンドタオルを目に当てると、溜まっていた涙が溢れた。

私の目の前には灰色の古い墓石があり、正面には『繁田家』と彫り込まれている。その前には私が東京から持ってきた小さな花が供えられ、やはり持参してきた線香が、金木犀に似た香りを放っている。そして何十年と大切にしてきた、赤い折り紙の手裏剣も……。

今、繁田喜代美は小さくなって、この墓に収められている。

彼女は二十一歳で生涯を閉じた。ある日突然、見も知らぬ男に、理由なくナイフで刺されて。

当時、私は東京の大学に通っていて、その知らせをテレビのニュースで見た。もちろん最初に接した時は、絶対に信じなかった。いや、信じたくなかった。

その後、テレビの続報や週刊誌の記事に、中学生の頃の彼女の写真が出た時、私は彼女の死を認める他なくなって、声を殺して泣いた。

翌年は大学を卒業して就職するタイミングだったが、同級生たちのように何社も会社訪問したり、試験を受けまくるような気力は出ず、早々に内定がもらえた会社に入社を決めると、後はなにもせずに過ごした。

思えば彼女は、私の人生で初めての身近な死者でもあった。

それまでの私は、知っている人の死に立ち会ったことも、葬儀に参列して棺の中に横たわる死者の顔を見たこともなかった。亡くなった人と言えば、私が物心つく前に亡くなったという母方の祖父だけで、後はニュースの中で語られる、会ったこともない人ばかりだったのだ。

だからこそ彼女の死は、若かった私に強く問いかけてきた。人はなぜ生まれ、なぜ死んでいくのか。若くして亡くなった彼女の人生には、どんな意味があったのか——。

出るはずもない答えを探して、私はひたすら考え続けていた。


「パパ、大丈夫？」

娘が遠慮がちに声をかけてくる。

同級生の墓参りとしか伝えていなかったから、大泣きしている父親の姿を見て、不安になったのだろう。

私は娘の気遣いを心からありがたく思い、「すまん、すまん」と、少し砕(くだ)けた口調で返した。

「パパがそんなに泣くなんて……よほど仲のいい友だちだったんだね」

「うん。昨日が、その人の命日だった」

私は多少の後ろめたさを感じながら、小さくうなずいた。

「だから、あんなに急いで彦根に来ようとしてたんだね……」

「そうかもな」

「うまく予定を合わせられなくて、ごめんね」

「いや、いいんだ。今日でよかったんだ」

私は『繁田家』の三文字を、目に焼き付けるように見つめなおして、ようやく重い腰を上げた。


私と娘は彦根城の正面口である表門に向かった。

娘は絶えず私の体と心を気遣ってくれたが、私はなるべく普段通りに戻って、明るく話すように心がけた。やはり娘の前では、明るい父親でいたかったからだ。

やがて表門を抜けて彦根城天守の前まで来ると、私は娘に言った。

「あのな……言っておくけど、俺は元気だ」

「ほんと？」

「ちゃんと昼飯も食べられたし、薬も飲んだ。それに墓参りができて、気持ちもスッキリしてる」

娘がここまで付き添ってくれたことを、心底ありがたく思った。

「俺は下で絵を描いてるから、ちょっと一人でお城に登ってこいよ。琵琶湖がきれいに見えるぞ。俺はもう何回も見たからいいけど、おまえは見た方がいい」

「でも、パパを一人にするわけにはいかないよ」

「大丈夫だって。何かあったら、すぐにスマホで連絡するし、こんなに調子いいのに、いきなりぶっ倒れることもないだろ」

娘は少し考え込んでいたが、やがて思い切ったように頷(うなず)いた。

「確かに、ずっと病人扱いされてたら、気持ちが重くなるばっかりだしね」

「そうそう」

「じゃあ、あんまり遠くに行ったりしないでよ」

私は天守の中に入っていく娘の後ろ姿を見ながら、そっと胸元に手をやった。少し前から内臓がせりあがってくるような違和感があった。食後にはよくあることだが、近頃はその頻度が増えてきた気がする。

私は身体の不調を振り払うように深呼吸をして、折り畳み椅子に腰かけた。彦根城を目の前にしてスケッチするのは、中学生の時以来だ。

一枚目を手早く仕上げたところで視線をあげると、ベージュのコートを着た若い女性が、私の右脇を通り過ぎた。振り返ると、どこか恥ずかしそうな面持ち（おもも）ちでこちらを見つめている。

「絵がすごく、お上手なんですね」

「いやぁ、素人（しろうと）が遊んでるだけですよ」

思いがけなく若い女性から声をかけられて、私は少し華やいだ気分になった。

「写真を撮る代わりに、スケッチするんです。他人様に見せられるようなもんじゃありませんが」

女性はしばし、何かを思案する表情でいたが、思い切ったように口を開いた。

「あの、違っていたら申し訳ないんですけど……岡田基久（もとひさ）さんですよね？」

関西訛（なま）りだ。私はしげしげと女性の顔を見つめ直したが、心当たりはない。

「おっしゃる通り、私は岡田ですけど」

「やっぱり、そうでしたか。実はある人から、これをあなたにお渡しするように言付かりまして」

そう言って彼女は、肩にかけていた大きめのバッグからクリーム色の封筒を取り出し、私に差し出した。封はされていない。

中に入っていたのは、千代紙で折った赤い手裏剣が二つと、二つ折りにした薄いピンク色の便箋だった。取り出して広げてみると、丁寧な文字で短い言葉が綴られていた。


オルゴール、ありがとうございました。私も大好きな曲です。

これからも元気に、楽しく、幸せに生きてください。

繁田喜代美

私は喉元を強く摑まれたような衝撃を覚えた。

「あの、これを誰から……どんな人から預かったんですか」

思わず口調が強くなってしまったが、それに答える女性の口ぶりは冷静で、むしろ優しくもあった。

「そこに書いてある名前の方からです」

「いや、だって、この人は……」

私の声が震えていることも気に留めず、やはり落ち着いた声で若い女性は言った。

「どう言えばええのか、とても迷うんですけど……その方が、別の姿に生まれ変わったかもしれないっていうお話、信じてもらえますか？」

4

女性は自分の身に起こった出来事を話しはじめた。

幼い頃、高熱を出したのをきっかけに、不思議な記憶やこれまでなかった意識のようなものが、彼女の中に入り込んだのだという。

それは、まだ見たことのない彦根の町の風景であったり、会ったことのない家族であったりしたらしい。やがて、その記憶は繁田喜代美という早逝(そうせい)した女性のものであったとわかり、まだ幼かった女性は動揺した。

「それこそ、自分の頭がどうかなってしまったと思いました……自分はまだ小学生やのに、中学生や高校生の記憶まで入り込んでくるんです。だから岡田さんのことも、ずっと前から私の記憶の中にありました」

女性は慎重に言葉を選びながら話す。

「私が小学二年生の時……初めて繁田のご家族に会いました。私の頼みを聞いて、兄がこっそり連れて行ってくれたんです。そのころ住んでいた東大阪から彦根まで、電車に乗って……私は幼い頃に父を失くしているので、繁田のお父さんが実の父親のように思えました」

女性は、いったん話を止めて私を見た。

「ほんとに大丈夫ですか？　こんな話をして」

私が先をうながすように視線をやると、女性は安心したような表情を見せる。

「繁田のお父さんは、私が喜代美さんであることを、すぐに察したようでした。それから、ずっと手紙のやり取りをしていたんですけど、私が二十一歳を超えたあたりから、だんだん喜代美さんの記憶が薄れていくようになって……喜代美さんは二十一歳で亡くなったので、もうそれ以上、私の中にいることができなくなったのかもしれません」

まっすぐ前を見つめながら、女性は続ける。

「実は私、まもなく結婚するんです。この先は苗字も変わるし、生活も変わりますから、久しぶりに彦根に寄せてもらって。昨日の夜は、繁田のお父さんと、お姉さんとお兄さんも一緒に、結婚を祝ってくれました。帰りがけに喜代美さんのお墓に寄ったら、折り紙の手裏剣があったので、あぁ、岡田さんが来てくれたんやなって、すぐにわかりました。そうしたら、私の中の喜代美さんが生き返ったようになって、気づいたら、お手紙を書いていて……」

私は何と答えていいかわからず、ただ女性の顔を見上げるばかりだった。

「お渡しした手裏剣は、喜代美さんのオルゴールにしまってあったものです。繁田のお父さんから、形見代わりに何か受け取ってほしいと言われて、いただいたんですけど……喜代美さんは、岡田さんに渡したかったんですね」

そう言って、いたずらっ子のように笑った時――目の前の女性が、中学生の頃の繁田喜代美と重なって見えた。

そうだ。喜代美はこんな風に笑う。こんな風に明るく、楽しく、優しく笑う。

私の脳裏に、喜代美の面影が鮮やかによみがえった。

「あなたの中の喜代美さんは、この先どうなるんでしょうか」

「残念ですけど、私にもわからないんです」

「そうですか……そうでしょうね」

「とにかく、岡田さんにお礼ができてホッとしました」

女性はそう言って、丁寧なお辞儀をした。つられて私も深く頭を下げると、途端に激しい吐き気が込み上げてきた。顔をゆがめた私を認めた女性が、身をかがめて、私の肩にそっと手を置く。

女性はしばらく私の目を見つめ、やがて言った。

「岡田くん、オルゴールありがとう。ずっとお礼が言えんままで、ごめんね」

私が頷いてみせると、女性は立ち上がって小さく手を振り、私に最後の一礼をして、大手門の方に歩いて行った。

門の前には若い男性が立っていて、遠慮がちな目で、こちらを見ている。ひょろひょろと背が高くて、もじゃもじゃな頭をした、頼りなさそうな若者だ。あれが女性の結婚相手なのだろうか。


二人が見えなくなると、私は再びスケッチに取りかかった。

陽はさらに傾き、あたりには夕暮れの気配が漂っている。娘が戻ってくるまでにもう一枚は仕上げたいが、間に合うだろうか。

胸のつかえを振り払うように、大きく息を吸い込みながら見上げると、弱い陽ざしに照らされた彦根城の天守が、ぼんやり滲んで見えた。

そして、まもなく結婚するという女性も、娘も、妻も、息子も、いや、私につながる人たちの誰もが幸せでありますように……と、祈らずにはいられなかった。

本書は全篇書き下ろしです。

装丁・装画　城井文平

朱川湊人（しゅかわ・みなと）

一九六三年大阪生まれ。慶應義塾大学卒業。出版社勤務を経て、二〇〇二年「フクロウ男」でオール讀物推理小説新人賞を受賞しデビュー。〇三年には「白い部屋で月の歌を」で日本ホラー小説大賞短編賞を、〇五年には『花まんま』で直木賞を受賞。他の著書に『なごり歌』『かたみ歌』『わくらば日記』『遊星小説』『私の幽霊　ニーチェ女史の異界手帖』『アンドロメダの猫』「知らぬ火文庫」シリーズなど多数。

花（はな）のたましい

二〇二五年三月三〇日　第一刷発行

著　者　朱川湊人（しゅかわみなと）
発行者　花田朋子
発行所　株式会社　文藝春秋
〒一〇二―八〇〇八
東京都千代田区紀尾井町三―二三
☎〇三―三二六五―一二一一

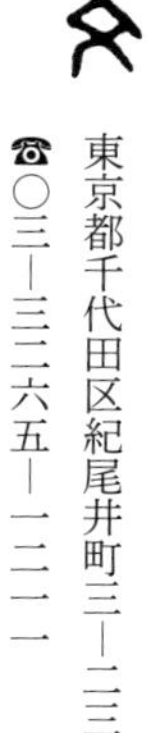

印刷所　TOPPANクロレ
製本所　加藤製本
組　版　LUSH

　ISBN978-4-16-391952-2　Printed in Japan

映画『花まんま』主要キャスト一覧

役	キャスト
加藤俊樹	鈴木亮平
加藤フミ子	有村架純
中沢太郎	鈴鹿央士
三好駒子	ファーストサマーウイカ
加藤ゆうこ	安藤玉恵
加藤恭平	板橋駿谷
俊樹（幼年期）	田村塁希
フミ子（幼年期）	小野美音
繁田喜代美	南　琴奈
チーちゃん	馬場園　梓
ハジメ	島村龍乃介
正太	北野秀気
文治	菊地荒太
三好貞夫	オール阪神
山田社長	オール巨人
繁田宏一	六角精児
繁田房枝	キムラ緑子
繁田　仁	酒向　芳

映画『花まんま』主要スタッフ一覧

企画プロデュース　須藤泰司
プロデューサー　北岡睦己
キャスティングプロデューサー　福岡康裕
音楽プロデューサー　津島玄一
宣伝プロデューサー　桝林宏明
ラインプロデューサー　谷敷裕也

撮影　山本英夫（JSC）　照明　東田勇児
美術　小出　憲　録音　西山　徹
編集　高橋幸一　装飾　大橋　豊
小道具　岩花　学　スタイリスト　荒木里江
衣裳　宿女正太　ヘアメイク　石部順子
特殊メイク　吉田茂正　特機　横山　聖
ＶＦＸ　田中貴志　音響効果　佐藤祥子
スクリプター　渡邉あゆみ　キャスティング　高橋雄三
スケジュール　宮村敏正　助監督　西片友樹
製作担当　井上一成　プロダクションマネージャー　森　洋亮
製作管理　福島一貴　プロダクション統括　小嶋雄嗣

製作プロダクション　東映京都撮影所

音楽　いけ　よしひろ

脚本　北　敬太

監督　前田　哲

花まんま
Minato Shukawa
朱川湊人
文春文庫

文春文庫既刊

朱川湊人

花まんま

母と二人で大切にしてきた幼い妹が、ある日突然、大人びた言動を取り始める。それには、信じられないような理由があった……（表題作）。昭和30〜40年代の大阪の下町を舞台に、当時子どもだった主人公が体験した不思議な出来事を、ノスタルジックな空気感で情感豊かに描いた全6篇。直木賞受賞の傑作短篇集。